Querverlag

Für Detlev Meyer

Inhalt

Römische Wölfe

Christoph Klimke

Wie heiß es ist! Ich sitze auf der Piazza Santa Maria in Trastevere in der Bar Marzio und nehme meinen morgendlichen Espresso. Die Sonne steht an diesem Augusttag schon so hoch, dass die Schatten bis zum Mittag immer kürzer werden, bis man beim Gang durch die leere Stadt schließlich gar keinen Schatten mehr wirft. Das muss der Tod sein und nicht die nordische Nacht. Doch ich sitze genüsslich an meinem Stammplatz unter dem großen Sonnenschirm und sehe den Hunden zu, wie sie um den Brunnen auf der Piazza herumtollen. Die Römer sind längst am Meer oder in den kühleren Bergen und machen Ferien. Die meisten Geschäfte, Bars und Restaurants sind geschlossen, nur die ewigen Verdächtigen treffen sich Morgen für Morgen und verstecken sich hinter den Gazetten.

Unsereins hat keine Lust auf Liegestuhl oder Wandern, sondern genießt Rom, wie es das ganze Jahr nicht sein kann. Nachts kann man mitten auf dem Pflaster der ansonsten zugestopften

Straßen am Lungotevere spazieren, die Platanen und den hellen Mond bewundern, die Kulissen dieser Stadt, als wären sie nur für dich errichtet. Mein Kellner fragt, ob es ein *cornetto* sein darf, doch der späte Fisch von gestern Nacht wiegt noch zu schwer, ich winke ab und nicke ankommenden und gehenden Stammgästen zu, die ihre Augenringe hinter großen Sonnenbrillen zu verbergen wissen.

Die Lektüre der Repubblica erweist sich heute als noch öder als gewöhnlich, die Politik ist in Ferien, Feuerquallenplage an den Stränden, Raubmord in Catania, Radsport fand ich schon immer entsetzlich langweilig und der Papst sitzt bei frischem Weißwein und jungem Gefolge in seinem Sommersitz und betet für das Wohl der Welt. Ich winke die Rechnung herbei, da kommen zwei schwitzende Gestalten zielsicher auf mich zu und setzen sich an den Nachbartisch. Ein Herr jenseits der Blüte seiner Jahre mit einer enormen Fotoausrüstung und einem nervösen Blick, der mich treffen soll, und ein für ihn gewiss zu junger Mann, der demonstrativ an mir vorbeisieht. Das kann ich natürlich nicht verstehen und schaue umso mehr auf meine neuen Nachbarn. „Kannst du ein Bild von uns beiden machen", fragt dann auch sogleich der französische Fotograf mit einem unanständigen Lächeln und ich willige spröde ein. Durch die Linse sehen die zwei wirklich nicht aus wie ein Paar und meine Laune steigt. „Setz dich doch zu uns", lädt mich der Schöne ein und tatsächlich, ich sage: „Ja." Der eine ist Fotograf in Paris — wen interessiert das eigentlich? —, der andere Maler, in Neapel geboren und seit Jahren selbstverständlich im Montmartre ansässig. Mit Luciano — wie hieß noch der andere? — rede ich italienisch und erzähle von meinem Leben zwischen Trastevere und Kreuzberg. Espresso um Espresso vergeht die Zeit, die Mittagsluft flirrt und die Hunde haben sich auf die kleinen Schatteninseln verkrochen.

Ich lade die beiden zum Pranzo ein und bei Spaghetti alle Vongole erfahre ich, dass das ungleiche Paar am Abend zurückfliegt

Richtung Parigi. Wir tauschen Adressen und ich versichere, in einer Woche komme ich zu Besuch. Luciano lädt mich in sein Atelier ein und schlafen darf ich bei ihm auch. Ciao!

Diese eine Woche wird zu einer Ewigkeit. Ich rufe jeden Tag in Frankreich an und habe das Ticket sicher in der Tasche. Meinen Freunden in Rom und Berlin versichere ich, ich ziehe nach Paris, die Wohnungen sind aufzulösen, aber das nach meiner Ankunft bei Luciano. Was sollte er dagegen haben? Zu eindeutig zu verstehen war diese Geheimsprache zwischen uns und somit ändert sich mein Leben vollkommen. Wie es sich schon oft verändert hat.

Luciano holt mich am Flughafen Charles de Gaulle ab. Wir fahren schweigsam in die Stadt und ich muss an Robin denken. Robin aus Südafrika hatte ich im Flughafenrestaurant von Paris kennengelernt. Es war am frühen Vormittag und ich musste auf einen Anschlussflug warten. Das Restaurant mit sicher hundert Tischen war noch leer und ich saß allein und las. Da steht er plötzlich neben mir und fragt, ob noch ein Platz frei ist. Natürlich! Robin, früher Tänzer, jetzt Künstler in Amsterdam, und, wie ich nach dem Ende der Apartheid erfuhr, in den Theaterferien Ausbilder an Waffen bei den Partisanen.

Doch wir nähern uns jetzt Montmartre und Robin war und nun ist Luciano, dessen Kassettenrekorder mich mit der „Matthäuspassion" anrührt. Größer kann ein Willkommen nicht sein. Erst ins Atelier und ich bestaune seine Bilder, Collagen aus Farben und Text und jenen geheimen Zeichen, die ich auch zwischen uns auszumachen wusste. Dann Wein und ein leichtes Lamm und ab in seine Wohnung, die nur aus einem Zimmer mit dem einladenden Bett besteht. Er lächelt mich an und wir steigen ein in unser Boot. Wohin nun? Von draußen der leise Lärm der Flaneure, die Lichter der Autos flackern an der Zimmerdecke und ich weiß, hier werden wir beide unsere Reise durchs Leben bestreiten. Ich schließe die Augen und warte auf ihn. Da flüstert er mir schon ins Ohr: „Bist du auch so unglücklich?" Wie könnte ich? Größer war mein Glück selten! „Ich bin verliebt!", gesteht Luciano und ich weiß ja, in wen. „Ich auch", antworte ich. „Mein Zahnarzt hat aber einen anderen. Und ich liebe ihn doch so sehr!" Ich versinke endgültig in sämtlichen Kissen, mein Kopf glüht, mein Herz überschlägt sich und ich weiß nicht, wie ich mich von dieser sinkenden Arche wegbeamen kann.

Luciano bei seinem Glück zu helfen, war mir somit nicht vergönnt und meinen Umzug nach Paris sagte ich dann auch ab. Doch wieder in Rom zurück wusste ich, an gewissen Plätzen warten schon wieder die Wölfe. So treffen sich Verliebte unter dem Balkon von Mussolini an der Piazza Venezia oder zu Füßen des Heiligen Franziskus nahe der gewaltigen Kathedrale von San Giovanni in Laterano, auf deren Dach die riesigen Statuen gewichtiger Kirchenmänner neidisch auf unser irdisches Glück schauen.

Eines Abends nach dem Cena warte ich also *sotto i piedi di* San Francesco auf meinen Freund. Ich sehe, wie all die Mädchen und Jungen sich hier finden und auf ihren Vespas im Nirgendwo dieser Stadt verschwinden. Plötzlich setzt sich jemand neben mich, der offensichtlich auch ein *appuntamento* hat, wir blicken uns an und schon sind wir auf und davon. Ob die beiden zu erwartenden Ankömmlinge sich ebenso schnell einig sein werden, ist uns egal.

Mit Giorgio also, einem wunderbaren Möchtegernjournalisten, reise ich durch die nächsten römischen Nächte, aber auch in seine Heimat Kalabrien und im Sommer darauf nach Sizilien. Auf dem Nachtschiff von Neapel nach Palermo erzählt er mir von seinem Freund Ninni, bei dem wir wohnen werden. Ninni verdankt sein Leben dem Tod seines Bruders. Ninnis Bruder geht an seinem achtzehnten Geburtstag von der Schule nach Hause. Er hat das Abitur in der Tasche, ein fröhlicher, junger Mann, der voller Pläne und verliebt in eine schöne Sardin ist. Doch er ist zur falschen Zeit am falschen Ort. Eine Autobombe explodiert und Ninnis Bruder ist auf der Stelle tot. Seine Mutter verkraftet dieses Unglück nicht und nur ein Kind, ein Sohn, meinen die Ärzte, könne ihr Leid lindern. Und Ninni wurde geboren.

Gianpiero aus Messina, nun Schauspielschüler in Rom, lerne ich am Monte Caprino kennen, wo Nacht für Nacht die Hungrigen sich auf die Jagd begeben. Zwischen Bäumen, Büschen, Mülleimern und mit dem unglaublichen Blick auf Kapitol und Tiber fühlt man sich hier wie in einem dekadenten Märchen. Zumindest wenn man Beute macht. Giampi entstammt einer großen sizilianischen Familie, der eine der beiden Tageszeitungen dieser Insel zwischen den Welten gehört. Und engagiert sich Ninni heute natürlich in der Anti-Mafia-Bewegung, so gehöre ich dank Giampi zum *club dei siciliani*, in dessen Niederlassungen weltweit sich die Mitglieder der Clans treffen.

Giorgio, Giò genannt, ist nach Jahren in Tunesien in seine Heimat Kalabrien zurückgekehrt, Giampi, der mehr und mehr dem fabelhaften Komiker Totò ähnelt, spielt auf den Bühnen Italiens und Luciano, der mir Jahr für Jahr seine neuen Ausstellungskataloge schickt, ist längst berühmt. Drei seiner Bilder, die er für mich gemalt und in die er Texte von mir eingearbeitet hat, hängen mit Widmung in meiner Berliner Wohnung, in der ein langsam, aber sicher ergrauender Wolf sich von den Träumen jener Zeit ernährt. Nachts kann man ihn manchmal noch bis nach Paris, Rom, Palermo oder die anderen Orte jener berüchtigten Safaris heulen hören.

Tristiane

Mario Wirz

Schnee auf allen Büchern. Schnee auf dem frostigen Gesicht des Buchhändlers. Schnee auf den Schuhen der wenigen, die sich an diesem Abend in die Buchhandlung am Marktplatz verirrt haben. Wahrscheinlich schneit es nur draußen vor dem großen Schaufenster der Buchhandlung, aber mir ist, als fiele der Schnee unaufhörlich auf die Kläglichkeit dieser Lesung. Es war wieder einmal ein Nichtereignis, hatte mein Dichterfreund Detlev Meyer früher schwermütig nach schlecht besuchten Veranstaltungen gelästert. Vielleicht wetteifert er jetzt himmlisch mit Stefan George um die Gunst von Rimbaud. Poeten langweilen mich. Sie sind mir nicht sinnlich genug. Ich habe mich ein bisschen mit James Dean befreundet, kichert es mir sachte wie eine Schneeflocke über die Schulter.

Herr Wirz scheint offensichtlich gerade an einen neuen Text zu denken.

Die Stimme des Buchhändlers klirrt vor vergeblicher Freundlichkeit.

„Können Sie von Ihren Büchern leben?", wiederholt ein junger Mann seine Frage. Ich verzichte auf einen hysterischen Lachanfall und gebe artig Auskunft über die chronische Geldlosigkeit meiner Profession. Lyrik ist meistens ein Verlustgeschäft. Nicht nur für die Verlage, murmelt der Buchhändler und bereut, dass er keinen Bestsellerautor eingeladen hat. Zwei blondierte Damen kaufen aus Mitleid zwei Bücher und lassen sie sich von mir signieren. Ich krakele dankbar meinen Namen und denke an das traurige Hotelzimmer ohne Minibar, das mich gleich erwartet. Auch die Wiederholung der Wiederholung verweigert eine mögliche Gelassenheit. Immer wieder geriert sich der Jammer, als träfe er mich zum ersten Mal.

Warum stiert die dünne Frau mit dem Giraffenhals so aufdringlich in meine Richtung? Der Buchhändler räumt die Stühle weg. Ich starre auf mein Manuskript und das leere Wasserglas und bleibe auf meinem Stuhl sitzen, als wäre ich dort festgefroren.

Du wirst dich nicht mehr an mich erinnern, aber wir haben als Kinder zusammengespielt. Ich bin die Christiane, sagt die Giraffe und lächelt lieblich auf mich herunter. Sie erscheint mir unglaublich dünn und groß. Als ich in der Zeitung gelesen habe, dass du heute hier lesen wirst, habe ich den Kegelabend abgesagt. Meinen Mann konnte ich leider nicht dazu überreden. Der ist eigentlich mit seinem Kegelclub verheiratet. Die Giraffe seufzt. Auf der Straße hätte ich sie nicht erkannt. Sie die alte Dichterkrähe bestimmt auch nicht. Schnee auf allen Tagen dieses glücklichen Winters.

Ich bin fünf Jahre alt und hocke auf dem Schlitten, den Christiane zieht, die schon seit zwei Jahren zur Schule geht. Nur meine

Mama liebe ich ebenso bedingungslos wie Christiane, deren Namen ich nicht richtig aussprechen kann.

Tristiane! Tristiane! Ich stehe am Schultor und warte auf meine große Freundin. Manchmal beachtet sie mich nicht und geht mit ihren Mitschülerinnen an mir vorbei, als kenne sie mich gar nicht. Tristiane! Tristiane! Ich laufe hinter ihr her und kann nicht verhindern, dass ich wie ein Baby losheule. Alle lachen mich aus.

Tristiane! Tristiane!, spotten die anderen Mädchen.

An anderen Tagen küsst und umarmt sie mich und kämmt vor den anderen meine widerspenstigen Haare. Ich spüre, dass sie so tut, als wäre ich ihre Puppe, doch das ist mir egal. Ich bin der glücklichste Puppenjunge auf der ganzen Welt.

Tristiane spielt mit mir. Ich schenke ihr mein halbes Kinderzimmer, den Hasen und den Teddy, ohne den ich nicht schlafen kann, aber ihre Gefühle bleiben launenhaft.

Wenn ihre Freundinnen dabei sind, ist Tristiane anders. Selbst wenn sie mich mit Kosenamen überhäuft und drückt, als wollte sie mir die Rippen brechen, merke ich, dass sie lügt. Ich verstehe meine Freundin nicht, aber ein Tag ohne sie ist unerträglich. Die anderen Mädchen finde ich alle doof, und am liebsten wäre ich mit Tristiane alleine, doch das geschieht nur selten. Ohne die blöden Gänse, mit denen sie zur Schule geht, erzählt mir meine Freundin alles, was sie denkt, und behandelt mich, als wären wir gleichaltrig. Ich schlage Purzelbäume auf dem Asphalt und schenke ihr Blumen, die ich heimlich in den Gärten der Nachbarn pflücke. Feierlich überreiche ich ihr die glitzernde Brosche, die ich aus der Schmuckschatulle meiner Mama gestohlen habe. All das hindert Tristiane nicht daran, mich in Gegenwart ihrer Freundinnen mit Gemeinheiten zu quälen. Ich muss einen Regenwurm verschlucken und mich mit meiner neuen weißen Hose im Matsch wälzen. Einmal fesselt sie mich an einen Baum und erlaubt den anderen Mädchen, mich zu ohrfeigen. Ich kann nicht glauben, was geschieht. Weinend laufe ich später mit roten

Backen nach Hause und lasse mich von meiner Mama trösten. Ich verspreche, dass ich nie wieder mit Tristiane spielen werde.

Am nächsten Tag stehe ich erneut vor dem Haus meiner Freundin.

Tristiane! Tristiane!

Als meine Freundin mit ihren Eltern in eine andere Stadt zieht, habe ich meinen ersten Liebeskummer. Wenn ich mal groß bin, heirate ich Tristiane, sage ich meiner Mama unter Tränen und verschlinge nur widerwillig die grüne Götterspeise, die mir auch jetzt schmeckt, was mich wundert.

Ich habe einen Tisch im Rathauskeller bestellt. Die Küche dort ist vorzüglich, säuselt der Buchhändler, der ein gemeinsames Essen am Ende einer Veranstaltung als Pflicht begreift.

Hast du noch etwas Zeit?, frage ich Christiane und weiß nicht, welche Antwort ich mir wünsche.

Der Schnee vergangener Tage fällt auf diesen Abend.

Sehr fern, sehr nah.

Der Papierkorb

Christoph Klimke

Die Felder glänzen im weißen Schneelicht an diesem Dezember-
nachmittag. Ich fahre mit dem Auto durch Brandenburg Richtung Stendal, wo ich in der Nähe in einem Dorf, dessen Namen
ich vergessen habe, eine Lesung halten darf. Ein Kollege hat mich
empfohlen und brav lud mich die Dame vom Gesundheitsamt
ein. Schließlich ist an diesem Tag überall Welt-Aids-Tag und so
muss auch hier etwas getan werden.

Im Gasthof stärke ich mich mit lokalem Wild, Rotkohl und
Klößen, die in dunkler Soße schwimmen. Dazu ein Bier und die
Kreiszeitung, in der meine Lesung tatsächlich angekündigt ist.
Es ist längst dunkel draußen und die Gaststätte füllt sich vor allem mit den Herren der Schöpfung. Ich zahle und mache mich
zu Fuß auf zu der in einer Seitenstraße gelegenen kleinen Biblio-
thek, in der ich aus meinem Buch *Der Test. Chronik einer veruntreuten Seele* lesen werde. In dieser Erzählung zieht ein Mann sich

vierundzwanzig Stunden lang in sein Haus zurück, nachdem er beim Arzt das Test-Ergebnis mitgeteilt bekommen hat. Was soll er tun angesichts einer Krankheit, die sein Leben begrenzt? Soll er sich töten, soll er weiterleben? In der Beantwortung dieser Fragen zwischen Erinnerung, Träumen und Ängsten besteht dieser Test seines Lebens.

Hier im Dorf hat man offensichtlich ganz andere Sorgen. Auch eine Viertelstunde nach dem offiziellen Lesungsbeginn sitzen im trüben Licht sieben ältere, wohlmeinende Damen und ein pausenlos mir zulächelnder Herr, der sich als Gemeindepfarrer entpuppt. Die Dame vom Amt stellt mich als typischen Fall des Großstadtlebens dar und freut sich, dass in ihrem gesunden Dorf „so was", wie sie meint, „noch nicht vorkommt". Aber man könne ja nie wissen, seufzt sie professionell und die Blicke des Publikums werden immer mitleidsvoller. Einzig dem Pfarrer gefriert das Lächeln, als ich zu lesen beginne. Ich sehe aus den Augenwinkeln, wie er die Hände faltet, die Augen schließt und an wer weiß wen denkt.

„Hat noch jemand Fragen an den Herrn Klimke?", fragt die Gesundheitsexpertin, die Güte in Person, mit zittriger Stimme in die Runde und ich frage mich, wie schrecklich das sein muss, hier wirklich zu erkranken. Pasolini hatte schon Recht, wenn er meinte, das Land, das betont, ihn zu tolerieren, sei zutiefst intolerant. Der Pfarrer öffnet die Augen und sagt seinen Schäfchen: „So, und ich als einziger Mann hier heute Abend verteile jetzt Kondome." Hätte ich nicht schon einiges bei Lesungen erlebt, ich wäre in Ohnmacht gefallen vor Lachen oder Weinen. Die Kondome bleiben unangetastet, zumindest, bis alle den Raum verlassen haben. Die Damen wünschen mir einen schönen Heimweg und humpeln ihren Atemfahnen in dieser kalten Nacht hinterher. Der Pfarrer gibt mir allzu lange die Hand und sagt, ich solle die Zuversicht nicht verlieren. Dabei: hätte ich die verloren, ich wäre niemals hierhergefahren. Mit dem kleinen

Honorar in der Tasche geht es zurück nach Berlin und erleichtert gebe ich auf den glatten Straßen Vollgas.

Solche Erlebnisse kennen Autoren unzählige. Das Angebot der Buchhändlerin Inge aus Düsseldorf, nach der Lesung: „Geld haben wir keins, aber ein kleines, tolles Publikum und schließlich zählt ja nicht, wie viele kommen, sondern wer." Inge bietet mir das Hochbett ihrer Freundin an, die den Bioladen nebenan führt und momentan verreist ist, zum Pennen, was ich dankend ablehne. Oder ein örtlicher Schwulenverband in Linz lädt mich zur Lesung hinter verschlossenen Türen, da öffentlich nicht für Homosexualität geworben werden darf. Am schlimmsten ist die Nacht nach der Lesung, eben wenn man übernachten muss und sich aus Verzweiflung darauf einlässt, auf ein Bier mit den Veranstaltern und wenigen Verzweifelten in die Kneipe zu gehen. Man kann sicher sein, dass wenigstens einer, der alkoholfreies Bier oder heutzutage eine Bionade zu sich nimmt, dem Autor einen dicken Din-A-4-Umschlag unter dem Tisch in die Hände schiebt und flüstert: „Ich schreibe auch!"

Dann braucht man dringend den großen Papierkorb, der schon von den eigenen verworfenen Geschichten überquillt.

Überleben in Steglitz

Mario Wirz

Wer nach Steglitz zieht, muss vorher gestorben sein, sagt Tom. Dort wollte ich nicht tot überm Zaun hängen, knurrt Ron, der zu viele Western gesehen hat. Freunde vom Prenzlauer Berg wenden sich von mir ab. In Friedrichshain, Pankow und in Mitte wird mein Name aus den Adressbüchern gestrichen. Kreuzberg und Schöneberg verhängen ein Einreiseverbot. Selbst die Weddinger wollen nichts mehr von mir wissen. Nur eine Kollegin aus Spandau findet es aufregend, dass ich jetzt in Steglitz wohne.

Nach einigen Wochen bin ich extrem suizidgefährdet. Die zahlreichen Hunde am Grunewaldsee, zu dem ich oft flüchte, können mir nicht helfen, und auch die Nähe des Botanischen Gartens bietet keinen Trost.

Als ich wieder einmal weinend durch meinen neuen Kiez laufe, habe ich eine Vision: Beckett hockt berauscht auf einer blauen Wolke und trinkt Kilkenny vom Fass.

Du wehleidiger, alter Sack, trage deine jämmerliche Sterblichkeit ins General Post Office, Zimmermannstraße 22. Dein Leben in Steglitz ist sinnlos, das wäre es aber auch in Lankwitz oder in Köpenick, doch diese Einsicht lässt sich im G.P.O. leichter ertragen. Kapiert, du mittelalterliche Heulsuse? G.P.O., kichert der wohlwollende Wolkensäufer und verschwindet. Ich folge seinem Rat und entdecke, dass Irland gleich bei mir um die Ecke beginnt. General Post Office. Oase und Treffpunkt. Insel für Schiffbrüchige. Festung gegen die feindliche Welt der Tatsachen. Kuschelzone und Schwatzclub. Anmachladen und sichere Höhle. G.P.O. Ausgezeichneter *Guinness Irish Pub from 1996 until 2004.* Stammkneipe und Refugium. Asyl für Singles und Paare. Youngsters und Grufties und alles, was unentschlossen dazwischen vor sich hin altert. G.P.O., eine therapeutische Maßnahme gegen Steglitz-Traumata und jene verlässliche Verzweiflung, die kiezübergreifend an jeder Straßenecke lauert.

Danni und Nadine, die Engel der Trostbedürftigen, schweben professionell durch den blauen Dunst der Zigaretten und stellen die gefüllten Gläser mit Anmut auf die Tische und urigen Fässer, an denen sich die Gäste schöntrinken.

Väterchen Frost geht durch die Stadt. Der Traum von einer heißen Tasse Tee mit Rum gefriert zu Eis. Unerbittlich ist dieser Winter.

Dankbar, dass wir jetzt im Warmen sitzen, mag an diesem Abend jeder jeden – und sogar sich selbst. Der Schauspieler und Kettenraucher aus der Ahornstraße liest demonstrativ dezent ein Drehbuch. Ab und zu übt er ein Lächeln, das geheimnisvoll sein soll. „Lady in Red" trinkt auch heute zu viel Wodka Smirnoff und flirtet großzügig mit allen. Shane, der sanfte Ire, der mit seiner deutschen Frau Conny das G.P.O. vor zehn Jahren eröffnet hat, äugt versonnen und etwas somnambul auf eins der ungetümigen Telefone, die anachronistisch und charakterfest als Dekoration an den zitronengelben Wänden hängen. Joyce ruft erst morgen wieder an, scherzt der belesene Orthopäde aus der Lepsiusstraße und bestellt sein drittes Guinness. Gunda und Manfred sind verliebt und schauen mit der Güte der Glücklichen auf den alten Mann, der gierig Erbsensuppe in sich hineinlöffelt. Mario und Jan, die seit über zwanzig Jahren ein Paar sind, oft geradezu einschüchternd zweisam, texten an diesem Winterabend ihre Freundin Sigrun zu, die der Musik lauscht und mit Appetit ein getoastetes Putenbrust-Sandwich verzehrt. Torsten, der zu chronischer Freundlichkeit entschlossene Schwager von Shane, steht geduldig hinter dem Tresen und beschwichtigt mit seiner Tom-Waits-Stimme einen Gast, der sich über den bellenden Hund seines eingeschlafenen Nachbarn aufregt. Max, eine selbstbewusste Promenadenmischung, will nicht den hochprozentigen Schlaf seines Herrchens stören, sondern eine verzickte Pudelin anbaggern, die ihn pudeldämlich ignoriert.

Jetzt fehlen nur noch Jenny und ihr überkandidelter Papagei, lästert Horst, bevor er wieder im *Irischen Tagebuch* von Böll versinkt.

Wie viele Jahre vergehen an einem Abend im General Post Office? Auf dem Grund der Gläser verschwinden unsere Tage. Wie viele Promille braucht eine Nacht?

Singt „Lady in Red" in diesem Augenblick einen Blues von Billie Holiday oder erinnere ich mich gerade an einen anderen Abend im G.P.O.? Die Zeit ist ein Fass ohne Boden. Vergangenheit, Gegenwart und Zukunft sind versöhnt in den blauen Stunden unserer Zuversicht.

Es wird Frühling in der Zimmermannstraße. Endlich können wir wieder draußen sitzen. Die Steglitzer Spatzen, die wir mit Weißbrot füttern, pfeifen mit uns auf die Vernunft. Wir haben Lust, etwas Verrücktes zu tun. Manchmal singt die Amsel.

Wie genügsam wir sind. Drei, vier bauchige Fässer, an denen wir im T-Shirt hocken, einige schlichte Holztische, und der Himmel groß und verheißungsvoll über uns. Wir sind berauscht von gelber, roter und grüner Fassbrause. Noch mal mit Waldmeister!, schreien Hans-Uwe und Rainer. Nadine lächelt. Es ist Sommer.

Nicht mehr lange, und die Nacht riecht nach Herbst. Wovor fürchte ich mich?

Ich will noch nicht ins Bett. Lass uns im G.P.O. was trinken, sagst du und schaust mich an. Kristallweizen? Guinness? ruft Torsten und winkt uns zu.

Schnee fällt auf unsere Geschichten und alle Wiederholungen. Die weiße Nacht vor den Fenstern des G.P.O. leiht uns für einige Stunden ihre Unschuld. Wir schauen uns an, als sähen wir uns zum ersten Mal. Alles ist möglich. Der verschwatzte Papagei von Jenny schweigt nachdenklich. Shane spendiert uns Irish Coffee mit Whisky. Gleich wird eins der zeitlosen Telefone an den Wänden klingeln. Joyce hat uns nicht vergessen.

Cornetto caldo

Christoph Klimke

Giorgio und ich nehmen die U-Bahn an der Piazza Barberini und fahren bis zur Haltestelle Numidio Quadrato. Wir sind müde vom Feiern meines dreißigsten Geburtstages. Es hat die ganze Nacht geregnet, aber wir haben uns in meiner Wohnung in der Via San Francesco a Ripa in Trastevere nicht stören lassen. Alle waren da, meine römischen Freunde, Katja aus Berlin, die nach dem fünften Glas Rotwein in erstaunlich flüssigem Italienisch eine Rede auf mich hält, und natürlich Marisa, meine Mitbewohnerin.

Marisa, eine üppige Sizilianerin mit zwei Siam-Katern, hat für uns eine Pasta und dann ein Fisch-Gericht aus ihrer Heimat gekocht. Sie trinkt gern und viel Peroni-Bier, liebt Musik und Literatur und ab und zu kräftige Männer aus arabischen Gefilden. Aber eigentlich liebt sie Sandra, die die wunderbare Enoteca Giano bifronte betreibt. Hier gibt es die besten Weine, Käse, Oliven, Schinken, Salami und selbst gebackenes Brot und nach dem Essen gewiss einen Grappa.

Wir reden und trinken bis in die Morgenstunden, dann raus an die frische Luft und mit dem keuchenden Bus durch den kalten Regen Richtung Piazza Barberini. In der U-Bahn sitzen die ersten Frühaufsteher, die zur Arbeit fahren. Ich will nur noch zu Giorgio nach Hause und ins Bett. Numidio Quadrato steigen wir aus und laufen zwischen den Hochhäusern entlang. Die ersten Bars öffnen gerade und die Gemüseläden bauen ihre Stände auf.

„*Un cornetto caldo*", wünscht sich Giorgio jetzt zum Frühstück. Wie könnte ich da nein sagen. Und tatsächlich duftet es nach frischen, warmen Hörnchen aus der Bäckerei an der Ecke. Der Bäcker, ein junger Mann mit schwarzen Augen und frechen Locken, grinst uns an. Wir können nicht abwarten und beißen sofort rein. Der Junge sieht uns zu und schaut uns solange an, bis wir verstehen. Er schließt einen Moment lang die Tür ab und wir drei vergnügen uns.

Das waren Jahre. Fast schon vergessen die Arglosigkeit, Freude, Spontanität, die Lust auf wieder und wieder. Wie viele Freunde sind gestorben. Mir unvergessen. Auch Marisa lebt nicht mehr. Wie habe ich es geliebt, wenn ich von meinen Streifzügen gegen morgen nach Hause kam, um dann mit ihr ein Peroni zu trinken, eine schnelle Pasta zu essen und, die Katzen auf unserem Schoß, zu rauchen, zu reden und selig einzuschlafen.

Im Traum lief ich dann mit Giorgio und seinem Sohn Lorenzo durch die Kirmes auf der Wiese in der Nähe seiner Wohnung. Jeden Sommer waren wir dort. Wir laufen nebeneinander her und ich nehme Lorenzo auf die Schultern. Es ist früher Nachmittag und die Kirmes ist fast leer. Nur eine Gruppe junger Transvestiten kommt uns lachend entgegen. Sie sehen uns an und singen: „*Siete la coppia più bella del mondo!*" „Ihr seid das schönste Paar der Welt." Wie wahr! Und lange her.

Das Giano bifronte ist schon seit Jahren geschlossen und für mich gibt es kaum noch gute Gründe, nach Rom zu fahren. Vielleicht könnte ein *cornetto caldo* mich hierzu verführen. Schließlich zählen die römischen Bäcker immer noch zu den Besten ihrer Zunft.

Notizen eines ehemaligen Sexjunkies

Mario Wirz

Unter den Wolken blüht meinen Tagen jetzt keusche Friedlichkeit. Staunend äugt der Mond auf meinen zahmen Schlaf. Hat
meine kränkliche Gegenwart alle wilden Jägerträume gebändigt?
Bin ich nun ein ältlicher Idylliker mit Krampfadern, der nur noch
dem Eros der Bäume verfällt? Warte ich, dass „Stolzer Heinrich"
mit seinem kräftigen, behaarten Stängel die Wollust des Natur-
liebhabers in mir weckt? Ist es nur noch der „Wollige Hahnenfuß", dem ich in Stützstrümpfen läufig hinterherjage? Suhle ich
mich jetzt schrullig auf nicht gedüngten Wiesen im breitblättri-
gen „Knabenkraut"?

   Die Wolken und der Mond wissen, dass es andere Tage gab,
andere Nächte, andere Ausschweifungen.

Sexsüchtig wilderte ich durch den Großstadtdschungel, ruhelos war ich Jäger und Beute in der Körperwildnis, unersättlich schienen alle Tage und Nächte.

Mannstoll trieb ich mich durch die jungen Jahre, gefräßig und einsam betäubte ich Sehnsucht und Schmerz mit fremder Haut, war namenlos unter Namenlosen. Den ich eben noch berührt hatte, vergaß ich, um von einem anderen vergessen zu werden.

Unbehaust in meinem mageren Körper, den ich nicht bejahen konnte, stürzte ich mich auf andere, als wollte ich sie mir einverleiben. Niemand konnte auf den maßlosen Hunger antworten, der mich durch die Stunden trieb, aber immer wieder hielt ich mich fest an den Schultern von Wildfremden, um nach einem flüchtigen Sexgerangel auf mich selbst zurückzufallen. Meine Jugend war ein pathetisches Fieber.

Benommen folgte ich jedem Lockruf, der mir galt. Jeder Ort versprach Rausch und Ernüchterung, Ekstase und Einsamkeit, Erregung und Enttäuschung, und allem war ich hörig, jedem Zwielicht und jeder Verfinsterung, überall fand der Sexjunkie den Stoff, den er brauchte, um sein schlafloses Chaos zu nähren: Auf den Straßen, in der U-Bahn, in Parks und Bars, im Waschcenter und in fremden Wohnungen, überall war mein Revier, in dem ich jagte und mich jagen ließ.

Jetzt, da Eros und Thanatos sich mit Amor verbündet haben, meine hinfälligen Tage und Nächte mit Glanz und mit Glück zu beflügeln, nehme ich dankbar Schatten und Licht an, Angst und Hoffnung und die immerwährende Freude, dass ich einen Gefährten gefunden habe, der mit mir durch die Jahre geht.

Zweisam vertrauen wir den Engeln, dass sie wohlwollend unsere Liebe hüten und das Ende unseres Lebens für eine möglichst weit entfernte Zukunft planen.

Zärtlich und brüderlich ist unser Schlaf. Sinnlich und verspielt. Unsere Körper haben eine neue Sprache füreinander geschaffen. Sie kennen sich und werden eins auch ohne Sex. Meinen alternden Körper, den die Krankheit gezeichnet hat, kann ich nun bejahen und schaue versöhnlich auf alle Zeichen seiner Verletzlichkeit.

Lüge nicht, raunen die Wolken, lüge nicht, murmelt der Mond. Sie wissen, dass mich die Metamorphosen meines maladen Körpers oft erschrecken. Sie wissen, dass mein in der Liebe behaustes Herz manchmal aus der Friedlichkeit der Gegenwart in die verheißungsvolle Ruhelosigkeit vergangener Jahre zurückflieht, als könnte es zu viel Geborgenheit nicht ertragen.

Etwas in mir bleibt hungrig. In meinen Träumen und Erinnerungen streunt das Körpertier atemlos durch die Männerwildnis und lässt sich von Fremden füttern.

Himmel und Erde

Christoph Klimke

Brennwert: 288 Kilokalorien; Eiweiß: 2,3 Gramm; Kohlen-
hydrate: 69 Gramm; Fett: 0,1 Gramm; Eisen: 17 Milligramm;
Magnesium: 90 Milligramm. Das sind die Inhaltsstoffe je 100
Gramm vom Original Grafschafter Goldsaft, jenem wunderbar
klebrigen Zuckerrübensirup in sonnengelber Verpackung aus
purer Pappe. Auf dem Deckel ein Gemälde der Grafschafter
Landschaft, wo diese Rüben wachsen, denen Generationen von
Kindern ihre späteren hohen Zahnarztrechnungen zu verdan-
ken haben. Den Sirup gab's sonntagmorgens, wenn wir alle um
den Frühstückstisch herum saßen und Vater vom Krieg erzählte. Mutter war bereits mit den Mittagessensvorbereitungen in
der Küche beschäftigt. Wir schmierten kräftig Margarine und
den Goldsaft aufs Toastbrot, während unser Vater sich bei guter Butter und Schinkenspeck für den Kirchgang stärkte. Ich
musste mit, schließlich war ich der Weihrauchschwenker vom
Dienst.

Den Glockenklang noch in den Ohren und ziemlich benebelt kehrten wir beide dann nach Hause zurück und hörten schon beim Aufsperren der Haustür, dass meine Oma eingetroffen war und sich wie jeden Sonntagvormittag ihr Mittagessen mit Staubsaugen verdiente. Den Nachtisch – man erinnere sich nur an die Majala-Zitronencreme mit dem kleinen, schönen Esel auf der Verpackung und der herrlichen Säure, die uns die Wangen zusammenzog wie sonst nur die sauren Drops aus den Niederlanden – diese Köstlichkeit brachte sie uns mit.

Zur nahen Grenze fuhren wir Kinder mit dem Fahrrad jeden Samstag bei Wind und Wetter, um aus Holland Tee und Kaffee von Douwe Egberts unter riesigen Salatköpfen verborgen zu schmuggeln. Vater befahl uns auf dem Hinweg eine Rast am Ehrenfriedhof für die gefallenen Soldaten der Wehrmacht und wir schritten gemeinsam die endlosen Gräberreihen ab, die sich durch nichts unterschieden. Auf dem Rückweg radelten wir dann nonstop, jeder zwei saure Drops im Mund, da Mutters Kakao schon auf uns wartete.

Der Majala-Pudding wurde später von der Paradiescreme und anderen Götterspeisen abgelöst. Doch der Höhepunkt aller Zuckergüsse war „Kalte Schnauze", die an jedem Geburtstag zwischen uns Geschwistern zu Tortenschlachten führte. Ich weiß nicht, wie viel Kakao, Kekse und Zucker in diesem kalten Kuchen enthalten waren, egal, denn bei jedem Biss knirschten und krachten herrlich die Zähne. Da kamen selbst Großmutters zartbittere „Katzenzungen" und das Lebkuchenhexenhaus von Bäcker Tophoven wie auch dessen berühmte „Schweineohren" nicht mit. Klar, dass ich Konditor oder zumindest Bäcker werden wollte.

Nach dem Sonntagmittagessen legten die Eltern sich eine halbe Stunde hin, Oma ebenso. Ich saß bei meiner Schwester auf dem Schoß und verfolgte gespannt das Leben auf Lummerland in der Augsburger Puppenkiste. Dann kam der obligatorische, entsetzliche Nachmittagsspaziergang, vor dem sich die älteren Damen mit der Ausrede drücken konnten: „Wir decken schon einmal den Kaffee-Kuchen-Tisch."

Essen spielte auch unter der Woche die schönste Hauptrolle zwischen Drill, Schule, Nachsitzen und anderen Bestrafungen. Sonntags: Kotelett, montags: Reste, dienstags: Falscher Hase, mittwochs: Leber, donnerstags: Eintopf, freitags: Fisch, samstags: Würstchen.

Ich war viel und gerne krank, konzentrierte sich dann doch die ganze Aufmerksamkeit der Eltern auf mein Wohlergehen. Allerdings wurde schnell aus übergroßer Sorge die Hausärztin gerufen, die an mein Bett eilte. Sie war furchterregend, eine riesige Frau mit dicker Brille, tiefer Stimme und einem Gang, der sie für jedes Western-Duell empfahl. Sofort zückte sie einen Holzlöffel mit den Worten: „Sag mal: Aaaaah!", und drückte damit meine widerspenstige Zunge herunter. Ekelig. Aber dann mit beinahe mütterlichem Ton flüsterte sie meinen Eltern die mich erlösenden Worte ins Ohr: „Der Junge gehört eine Woche ins Bett." Hurrah! Das hieß, eine Woche lesen, träumen und Geschenke. Und jeden Tag „Himmel und Erde", mein Lieblingsessen aus Kartoffeln, grobem Apfelmus und einem Spiegelei, dessen leicht flüssiges Eigelb ich so prima in diesen duftenden Berg auf dem Teller matschen konnte. Selbst meine Brüder ließen mich gnädig mit ihrer Märklin-Eisenbahn spielen, Waffenstillstand sozusagen, und Vater las mir zum Einschlafen vor.

Ob die Hausärztin wirklich eine Frau war, da kamen mir erst später gewisse Zweifel, schließlich kannte ich damals nur die Kittys aus *Bonanza*, dem Abschlussfilm eines jeden Sonntagnachmittagprogramms, bei dem meine Großmutter für Hoss und ich natürlich für Adam schwärmte. Auch der Geschmack der Götterspeisen und Goldsäfte verändert sich mit den Jahren. Nur zwischen Himmel und Erde weiß ich mich immer noch geborgen, in jenem Bereich, wo es noch etwas anderes gibt als diese Welt.

Oliver Twist

Christoph Klimke

Heute Nacht habe ich von dir geträumt. Ich bin neun Jahre alt und liege wie an jedem Abend mit meinem Gesicht zur blauen Wand. Die Farbe habe ich mir gewünscht, als wir aus der Wohnung in das neue Haus gezogen sind. Und tatsächlich, mein Vater ließ die Wand, an der mein Bett steht, blau streichen. Blau ist der Sommerhimmel, blau ist das Meer im Süden, blau sind meine Augen im Spiegel. Der Spiegel ist blau und jede Nacht steigt aus der blauen Wand jemand zu mir ins Bett, in dem schon mein Teddy und die Kasperpuppe liegen. Oder ich mache mich im Halbschlaf auf und reise durch die blaue Wand woandershin, wo es keine Angst gibt.

Deiner bin ich sicher. Vielleicht besuchst du mich deshalb heute Nacht im Traum und schnarchst leise vor dich hin. Dein blonder Haarschopf leuchtet unter der Mütze. Du hast die Bettdecke bis zur Nasenspitze hochgezogen, so dass unsere Füße am anderen Ende herausschauen. Durch die Ritzen des heruntergelassenen Rollos sehe ich den anbrechenden Tag, meinen Kaufladen, die Ritterburg eines meiner Brüder, die Schultasche und auf dem Nachttisch das Buch.

Heute ist Weihnachten und ich weiß, in allen Zimmern wird schon Lametta auf dem Teppichboden liegen. Schöne Verheißung. Ich habe mir immer gewünscht, dass wir zusammen feiern. Oliver und ich. Schläge kenne ich. Das Kohlenloch. Das Urteil der Erwachsenen. Ihre Erwartungen. Schuld und Sühne. Erwischt werden. Ja sagen und nein denken. Lügen, um geliebt zu werden.

An deinem Schicksal nahm ich von dem Moment an Anteil, als ich das Buch zum ersten Mal las, nein, verschlang, um es wieder und wieder zu lesen. Oft legte ich es unter mein Kopfkissen und wusste dich mir so nahe. Ich wusste dein Geheimnis und wollte es dir anvertrauen, damit dir all das Böse erspart bleiben würde. Ich hätte dich aus dem Waisenhaus herausgeholt und habe dich bewundert, dass du dir nicht alles gefallen lässt. Vielleicht wäre aus mir auch ein guter Taschendieb geworden. Mr. Fagin und du, ihr hättet es mir schon beigebracht. Und Mr. Brownlow könnte mich doch auch adoptieren. Ich wollte dir helfen und dich als Freund, damit du mir hilfst. Niemand anderen wollte ich. Denn ich wusste, wir verstehen uns. Wir vertrauen einander. Ein Gefühl, das ich mir erträumte. Schlaf ruhig weiter, Oliver. Heute gehe ich mit dir durch die blaue Wand fort. Auf der Flucht in ein neues Zuhause.

Ich höre, wie Vater in die Küche geht und Frühstück macht. Das Wohnzimmer ist sicher schon abgeschlossen. Am Nachmittag werden wir den Spaziergang durch die Siedlung machen und die Weihnachtsbäume der Nachbarn bestaunen. Natürlich ist unserer der schönste. Du kommst mit und nur ich kann dich sehen. Wir stapfen durch den Schnee und ich ziehe dich auf meinem Schlitten hinter mir her. Ich könnte dir meinen Schal schenken, den Mutter gestrickt hat. Dann gibt es Kakao und Christstollen, den selbstgebackenen und den von den Verwandten von drüben zum Vergleich. Am Abend essen wir wie jedes Jahr Fisch, Kartoffeln und Salat. Vater liest die Weihnachtsgeschichte aus der Bibel vor und wir beten das Vaterunser. Dann helfen wir Mutter in der Küche und müssen warten, bis es aus dem noch verdunkelten Zimmer läutet. *Ihr Kinderlein kommet.* Wir singen und singen und rätseln, was wohl in den Paketen verborgen ist. Etwas zum Spielen oder zum Lesen? Enttäuschungen immer, da zwar ein Wunsch erfüllt wird, aber keine Überraschungen auf uns warten.

Noch vor dem Frühstück müssen wir uns auf den Weg machen. Ich höre, wie meine Geschwister und Mutter in die Küche laufen. Ob Mutter schon ihr dunkelrotes Samtkleid trägt und die weiße, gestärkte Schürze darüber? Vaters schwarzer Anzug riecht gewiss nach Zigarrentabak. Wie die Orgelpfeifen stehen wir Geschwister dann vor dem Tannenbaum, Wunderkerzen versprühen ihr Licht und das Räuchermännchen qualmt vor sich hin. Die Pyramide dreht sich langsam zum Kerzenschein. Das obligatorische Foto wird mit dem Selbstauslöser gemacht.

Oliver, vielleicht bleiben wir doch noch heute und verschwinden erst in der nächsten Nacht. Dann bist auch du auf der Fotografie. Die nehme ich mit. Nach der Bescherung heute Abend legen wir uns hin, traurig und lebkuchensatt. Ich schmuggle meinen Teller mit dem Weihnachtsmann aus Schokolade mit Nüssen und Mandarinen als Proviant mit ins Bett. Schläfst du noch, Oliver? Wenn du gleich aufwachst, überlegen wir, was zu tun ist. Du weißt es ganz sicher.

Rolf

Mario Wirz

An. Aus. An. Aus. Die alte Glühbirne im Keller scheint viel zu
ängstlich zum Glühen. Feige wirft sie ein jämmerliches Licht auf
die Stufen, die unter meinen Schritten wimmern. Eben gerade
erst hat die Tür zum Keller schreckhaft aufgejault.

Die Wände seufzen wie alte Weiber. Alles in diesem Bammel-
keller scheint sich zu fürchten. Es stinkt nach kaltem Angst-
schweiß. An. Aus. An. Aus. Irgendein doofer Wackelkontakt,
doch mir ist, als schaltete ein Quälgeist im Keller das klägliche
Licht an und aus, damit mir das Herz in die Hose rutscht.

Alles, was wir nicht sehen können oder nicht sehen wollen,
versteckt sich in dunklen Kellern. Hier haust das Grauen, denken die Mädchen. Das Böse. Das Unheimliche. Alles Blödsinn.
Der Buhmann ist ein Schreckgespenst für kleine Kinder. Hat da
jemand geschrien? Ich bestimmt nicht. Ich nicht. Ich bin zwölf
Jahre alt und hole jetzt die bescheuerten Eierkohlen, die meine
Schusselmama für den Ofen braucht. Hätte man alles auch mit-

tags erledigen können. Aber ich bin kein kleines Mädchen, das sich abends in einem harmlosen Keller gruselt. Wo es Mäuse gibt, sind keine Ratten, sagt unsere Nachbarin immer wieder, und Mäuse werden mir jetzt nicht über die Schuhe laufen, weil sie dazu viel zu menschenscheu sind. An. Aus. An. Aus. Mein Eimer scheppert gegen die Wand, als wollte auch er mir die Katze den Buckel hinaufjagen. Unser dicker, unfähiger Hauswart könnte zumindest die Birne im Keller wechseln. Widerlicher, geiler Fettwanst, der mit seinen glupschigen Froschaugen unter jeden Rock kriecht. Hat mich jemand geschubst? Ich stolpere, und ein schriller Angstlaut fällt versehentlich aus mir heraus, und etwas klingelt rot in meinem Kopf, und dann weiß ich, wer sich mir in den Weg gestellt hat. Rolf.

Mein alter, roter Holzroller, den mir meine Oma zum vierten Geburtstag schenkt. Sie schlägt auch den Namen vor, den ich abends im Bett vor dem Einschlafen immer wieder murmele: Rolf. Rolf. Rolf, und alles klingt wie Rollv.

Habe ich meine Oma lieber als meine Mama und Rolf am allerliebsten?

Ich weiß es nicht. Die Frage ist so schwer wie die Entscheidung, ob ich Zitroneneis Erdbeereis vorziehe oder eher Waldmeister bevorzuge.

Meine Hände sind immer verklebt. Immer ist es Sommer. Selig rollere ich mit Rolf laut bimmelnd durch unsere Straßen. Wir zwei sind ein glücklicher Lärm.

Weg da! Weg da! rufen wir warnend allen Fußgängern zu. Weg da!

Wir fallen hin und stehen wieder auf, ohne zu weinen, damit die anderen Kinder keinen Grund haben, über uns zu lachen. Weg da! Weg da! Rolf ist übermütig und will nicht aufhören zu bimmeln. Abends quengelt er, weil er nicht mit mir in meinem Bett schlafen darf wie Paul, mein Teddybär, und Olaf, der Plüschhase. Das Bett ist nicht groß genug, tröste ich Rolf, der auf dem

Flur schlafen muss, denn auch mein Zimmer ist zu klein. Morgens schmollt Rolf noch ein bisschen, aber dann spielt er wieder mit mir, und wir rollern neuen Abenteuern entgegen. Jeder sieht das große Pflaster auf meinem Knie. Du bist ein tapferer Junge, sagt der Arzt im Krankenhaus, der die Wunde reinigt, was sehr weh tut, aber ich halte still und vergieße keine einzige Träne.

Auch Rolf weiß, dass ich keine Heulsuse bin. Die anderen Kinder sind nur neidisch auf meinen funkelnagelneuen Roller, der fast so rot leuchtet wie ein Feuerwehrauto.

An. Aus. An. Aus. Spinnweben berühren mein Gesicht, und ich lasse es ohne Ekel zu. Zwölfjährig hocke ich im Netz meiner Erinnerungen und frage die große Spinne Zeit, wann mein Holzroller in den Keller verbannt worden ist.

Ich bin alt genug, um zu wissen, dass sich mit den Jahren alles verändert, und doch fühle ich mich in diesem Augenblick wie ein Verräter vor Rolf, der schon so lange in einsamer Vergessenheit vor sich hinrostet.

Vielleicht geschieht es das erste Mal in diesem Keller, dass den Zwölfjährigen eine jähe Ahnung von der unheimlichen Geschwindigkeit der Zeit überfällt, die alles in Vergangenheit verwandelt, während er schläft. Er weiß nicht, dass ich ihm achtunddreißig Jahre später leise in den Keller folge und immer noch so traurig bin wie er. An. Aus. An. Aus. Wo sind die feuerwehrroten Tage meiner Kindheit? Wer hat das Zitronenerdbeerwaldmeistereisglück geklaut? Meinen ersten Sommer mit Rolf? Die Spinne schweigt, und auch die alte Klingel, die ich rufe, antwortet mir nicht mehr.

Die Unsichtbaren

Christoph Klimke

Vater kramt unten in der Küche und versucht, Frühstück zu machen. Mit zittrigen Händen trägt er Teller für Teller auf den großen Tisch, an dem nur noch zwei Stühle stehen. Ich dusche, trockne mich ab und denke. Wie überstehen wir diesen Tag? Im Bad liegen noch Mutters Sachen, der Lippenstift, die Brille im Etui, die Bürste voller Haare, das Lieblingsparfum, Tablettenschachteln, ein altes Stück Seife.

Die Tür zum Flur blieb angelehnt und Vater rief: „Kann ich helfen?"

„Geht schon", antwortete sie mit verzerrtem Gesicht. Schmerzen, solchen Lebens müde, war sie doch tapfer, bis sie nicht mehr konnte. Ein letzter Kuss nur für ihn. Ein letzter Atemzug, ausatmen, Schluss.

Ich räume ihre Sachen zusammen und werfe alles mit beiden Händen in den Müllsack. Dann gehe ich in ihr Schlafzimmer. Das Doppelbett ist zur Hälfte bezogen, die andere Seite nur noch Matratze. Den Medikamentenschrank räume ich leer, staune über die Berge von Chemie, werfe die Hörgeräte, Gehhilfen, speziellen Kissen und Griffe weg. Das Fenster öffne ich und die raue Februarluft strömt hinein. Wie gut das tut. Im Schrank hängen die Kleider schlaff an Bügeln, ein aufgeschlagenes Buch liegt noch auf ihrem Nachttisch, ich schlage es zu und will es mit nach Berlin nehmen, wenn ich morgen nach Hause fahre.

Ein letzter Blick in mein ehemaliges Zimmer, in dem ich letzte Nacht schlecht geschlafen habe, dann die Treppe hinunter in das Esszimmer zu ihm: „Guten Morgen."

Er antwortet nicht und hat recht damit. „Wann bringst du mich in meine Zelle?", fragt er.

„Nimmst du nichts mit?", entgegne ich.

„Nein, nichts. Wozu auch?"

Mutter hätte sicher soviel mitgenommen, wie möglich ist. Bücher, Fotos, Bilder, Lieblingsvasen, ihren Sessel, die selbstgestrickte Decke, ihr handgeschriebenes Telefonbuch, die Papiere vom Haus, Dokumente aus ihrer beider Leben.

Der Abschied am nächsten Morgen ist kurz und wortlos. Ich fahre Richtung Autobahn, auf der Rückbank ein paar Kartons mit Dingen meiner Eltern, die ich nie zuvor gesehen, in denen ich nie gelesen habe. Sie waren tabu und jetzt liegt es an mir, sie zu entdecken. Zu spät? Ein starker Gegenwind zwingt mich zur Konzentration. In Emmerich geht's über den Rhein, dann auf die Autobahn. Es beginnt zu regnen. Ich muss an den tropischen Regen in Mexiko denken. Ich bin in Zihuatanejo beim Frühstück im Hotel. Kolibris flattern im Stand über meinem Früchteteller. Der pazifische Ozean ist so laut, dass man die eigene Stimme kaum versteht. Ich gehe hinunter zum Strand. Es ist Oktober und ich bin der erste hier heute Morgen. Ich laufe und laufe, ein kleiner, schmutziger Fluss mündet ins blaue Meer. Am Himmel nur der sinnlose Zug der Wolken. Eine riesige Wasserschlange liegt im Sand. Große, schwarze Vögel zerhacken sie genüsslich und lassen sich auch durch mich nicht stören. Aus dem sumpfigen Fluss die Augen lauernder Krokodile. Es beginnt zu regnen, es schüttet warmes Wasser, die Krokodile tauchen gleich unter, die Vögel verschwinden augenblicklich und das Blut der Schlange verfließt hellrot.

Vollbremsung. Der holländische Laster vor mir bremst und ich fahre rechts ran. Mehr traumwärts als wach, sehe ich in dem nassen Schmutz all die Unsichtbaren, die Verlorenen, die Freunde. Endlich. Die Autos rasen an mir vorbei, das Fahrwasser spritzt hoch und fällt wie in Zeitlupe auf den Asphalt. Rechts der Autobahn die schlammigen Felder. Eine Gruppe Rehe beäugt mich und hetzt davon. Der Regen prasselt auf das Dach. Ich fahre weiter zum nächsten Parkplatz und stelle den Motor ab, stöbere in den Kisten und Schachteln und denke an die Freunde, die es nicht mehr gibt. Abschied in die Weite, das Blau hinter den Wolken, endlos und immer offen wie der Blick von Tieren. Vielleicht weiß ja heute Abend in Kreuzberg beim Einschlafen neben dir unsere Hündin Happy Rat. Schläft sie ruhig vor sich hinschnarchend in unserer Nähe, die Wohnung riecht nach nassem Fell, dann muss die Welt in Ordnung sein. Eine Nacht lang. Das ist viel. Der verlangsamende Herzschlag, der sich beruhigende Atem, die Stille. Welcher war unser schönster Sommer? Als wir uns alle gegenüber saßen, Auge in Auge, laut und lustig oder eben ganz still in der Mitte der Gefahr, am Ende, wenn Onyxe ineinander fallen und in alchemistischer Manier rotes Gold daraus wird. Eine andere Sonne. Ich starte den Motor, fahre weiter, rufe Vater im Altersheim an, wie das Mittagessen schmeckt. „Ich bin auf meinem Zimmer geblieben", antwortet er. Jetzt rufe ich dich an und bestelle für heute Abend mein Lieblingsessen. „Nein, lass uns zum Italiener gehen, da kriegt Happy den besten Schinken." Na klar, einverstanden! Ich schalte das Radio ein, höre Musik, der Regen wird leiser und der Himmel reißt auf. Vielleicht können wir ja später mit dem Hund in den Park. Die Wettervorhersage. Morgen soll es schneien. Als Kind habe ich dann immer den Kopf in den Nacken geworfen, den Mund weit aufgemacht, bis Schneeflocken hineinfielen. Im weißen Gestöber sah ich, was sonst unsichtbar bleibt. Ich will es morgen wieder versuchen. Und euch wiedersehen.

Daddy

Mario Wirz

Catch me, Daddy! Catch me!, ruft der Junge mit der roten Baseball-Mütze und rennt lachend durch die Gänge des Supermarktes. Sein Vater, ebenfalls Träger einer roten Baseball-Mütze, nimmt entschlossen die Verfolgungsjagd auf und stößt mich beinahe in das Regal, vor dem ich ohne Brille rumstehe und Ausschau nach Tomatensuppe halte. Sorry, murmele ich, als der schnelle Läufer längst in einem anderen Gang verschwunden ist.

Soll ich ihm die Fresse polieren? Niemand hat das Recht, dich anzurempeln, sagt jemand neben mir. Die Stimme klingt nach John Wayne, doch es ist mein Dad, den ich vor circa zweiundvierzig Jahren erfunden habe.

Seine von ausgelassener Rumbalgerei verwuschelten Haare. Sein furchtloses Kaugummi-Lachen. Seine breiten Schultern und seine warmen Hände.

Die speckige Wildlederjacke mit den Fransen und die sporen-klirrenden Cowboystiefel. Dad trägt sogar noch das verwaschene Holzfällerhemd von damals.

Obwohl im Supermarkt Rauchen verboten ist, klebt eine Fluppe in seinem linken Mundwinkel.

Bastard! Bastard!, schreien die Kinder mir nach und glauben nicht, dass mein Daddy in Amerika lebt. Daddy ist groß und stark. Daddy ist ein Cowboy. Nachts reiten wir durch die Straßen der Kleinstadt und pissen über die Zäune meiner Feinde.

Ein Wort von dir, und ich schieße sie alle über den Haufen, sagt mein Dad. Im Mondlicht funkelt sein Colt.

Wegen meiner Mama und ihrer schwachen Nerven verzichte ich auf das Blutbad.

Du darfst dir von keinem was gefallen lassen, sagt mein Dad und sieht jetzt jünger aus als sein Sohn. Wie bist du mit dem Pferd hier reingekommen?, frage ich und wundere mich nicht über den missbilligenden Blick der alten Frau, die sich mit ihrem gefüllten Einkaufswagen an uns vorbeischiebt. Alles ist möglich, wenn man keine Angst hat, sagt mein Dad. Sein Pferd wiehert, als wollte es ihm zustimmen. Beide sehen beeindruckend aus, und ich schäme mich, dass ich mich schäme. So kindisch und albern erscheint mir mein junger Dad auf seinem Pferd. Siehst krank aus. Zu wenig frische Luft. Zu viele Bücher? Wozu liest du das langweilige Zeug?

Könntest du bitte vom Pferd steigen?, frage ich und überlege, was ich noch brauche. Der trockene Rotwein ist ein Sonderan-gebot. Da nehme ich am besten gleich mehrere Flaschen. Milch. Nudeln. Brot. Was noch?

Catch me! Catch me!, lacht es in den Gängen. *Catch me!*

Warum hast du mich nie in Amerika besucht? Ich habe so lange auf dich gewartet. Die Stimme meines Vaters klingt zärt-lich.

Keine Zeit, kein Geld, flüstere ich und fühle mich mutlos und uralt.

Lügner! Hosenscheißer! Muttersöhnchen!, brüllen die Kinder der Kleinstadt im Chor und verprügeln mich. Sie haben keine Ahnung, dass sie diese Nacht nicht überleben werden. Daddy wird mich rächen. Auch meine Mama muss verstehen, dass sie alle die Kugel verdienen.

Was kostet der Cowboyhut?, fragt die müde Kassiererin ihre müde Kollegin von der anderen Kasse und glaubt mir nicht, dass der Cowboyhut meinem Dad gehört.

König Lear

Christoph Klimke

Wir umarmen uns flüchtig, verlegen, umständlich, ja, unfähig, einander nahe zu kommen. Dann steige ich schnell ins Auto, setze zurück und sehe noch, wie der alte Mann mir hinterherwinkt, die eine Hand fest am Stock, die andere in der Luft. Dahinter am Gartenzaun das rote Schild „Zu verkaufen" mit unserer Telefonnummer.

Früher standen hier beide zum Abschied. Mutter hielt sich am Rollator fest und Vater war noch ganz der Herr im Haus. Doch das Haus ist verwaist. Staub liegt auf den Möbeln, Bildern und Fotos. Die Pflanzen in den Blumenbänken verdorren, in den Zimmern stehen Kisten im Weg. Der Umzug ins Altersheim steht bevor. „Nichts nehme ich mit", hat er mir noch ins Ohr geflüstert. Er will mit leichtem Gepäck ins letzte Asyl. Kluger Mann. Frei, traurig, souverän und ängstlich.

Komme ich heute nach Kleve, führt mich der erste Weg zu unserem Haus, das uns nicht mehr gehört. Ich sehe fremde Kinder im Garten spielen. Sie haben mein Zimmer, meinen Sandkasten und die Schaukel besetzt. Für sie bin ich Luft. Ich hole dann Vater ab und wir fahren in ein Café, er ganz zittrig, aber erhobenen Hauptes und niemanden grüßend, geht er langsam neben mir durch die langen Flure der Evangelischen Stiftung zum Parkplatz.

In meiner Kreuzberger Wohnung stapeln sich Schuhkartons mit alten Fotos, die schwarz-weißen noch mit dem gezackten Rand. Urlaubsbilder aus den Bergen. Wir alle zünftig ausgerüstet oder an der Riviera am Strand. Bilder vom Richtfest, mein erster Schultag, die heilige Kommunion, die Freunde, Familie, die ewigen Feste zwischen Ruhrgebiet und Niederrhein. Vater immer erkennbar als Oberhäuptling, als Herrscher seines kleinen, geschaffenen Reiches. Mutter schaut zu ihm auf. Wir stehen vor den beiden aufgereiht, drei Brüder in Sonntagshosen, die Schwester im Kleid. Ich trage im Winter die von Mutter gestrickten Pullover meiner älteren Brüder oder im Sommer die kurzen Lederhosen. Im Garten spielen wir vier Schneckenwettrennen und stellen alte Bretter schräg an die Mauer, setzen an den unteren Rand im Gras die Weinbergschnecken an den Start, unsere Teddys und Puppen sind das Publikum, und manchmal lassen die drei Größeren mich gewinnen. Solche Fotografien haben etwas Erschreckendes, erkennt man doch das Vergessene wieder, das Verdrängte und nie Ausgesprochene, die Ängste, die Furcht und Wut, unendlich oft hinuntergeschluckt, anstatt sie hinauszuschreien.

Briefe aus dem Krieg in vergilbten Umschlägen, Liebesbriefe zwischen Vater und Mutter, Briefe von den Verwandten aus Leuna und Schwedt, Briefe von Kameraden und ewig Gestrigen, Zeugnisse der Flucht aus der Ostzone in den äußersten Westen, denn wenn schon, denn schon, schließlich lauerte damals im östlichen Gebüsch der Russe. Und der Russe war das Übel schlechthin. „Lieber tot als rot" wollte man sein und die eigenen bräunlichen Taten waren nie geschehen.

Natürlich haben wir uns auch gestritten. Aus dem großen Erzähler abenteuerlicher Geschichten, Vater auf dem Pferd, der

Stallbursche und ein schöner Hund immer dabei, die Orden und Ausweise jener Zeit und Gesinnung, aus dem Geschichtsverdreher, dem wir Kinder beim Abendessen gebannt folgten, wurde kein Feind, aber jemand, dem man nicht mehr alles glauben konnte. „Kinder, was wisst ihr schon, ihr habt das schließlich nicht erleben müssen!" Nach solchen Argumenten beschloss ich die von meinem Vater anvisierte Juristenlaufbahn erst gar nicht anzusteuern. Schließlich wollte ich ja nicht unbedingt morden, um dann einen Mörder verurteilen zu können. Für solche Gedanken wurde unsereins dann später „Besserwisser" beschimpft oder „Unverbesserlicher Weltverbesserer", wobei ich nie verstand, was daran schlecht sein sollte.

„Wer liebt mich am meisten?", fragt König Lear seine Töchter. Der alte Narr gibt seine Macht und seinen Besitz auf, er will vererben, doch nur an den oder die, die seines Erbes würdig sind. Er tappt in die eigene Falle, denn alle schmieren ihm den von ihm selbst ersehnten Honig ums Maul. Die Töchter lügen und preisen den Vater, dass sich die Balken im Palast nur so biegen. Nur eine sagt ihm die Wahrheit, dass sie vieles an ihm liebt, so manches lieben musste und einiges an dem Tyrannen ganz und gar nicht schätzt. Außerdem hoffe sie, einen Mann fürs Leben zu finden, der anders ist als ihr Erzeuger. Kein Wunder, dass die Tochter im hohen Bogen aus dem Haus fliegt. Und doch endet Shakespeares größtes Drama mit den Worten, dass das Schlimmste sich in Gelächter kehrt. Wohl wahr!

Älter geworden, inzwischen selbst zittrig und kahl, begegne ich dem alten Herrn mit neuer Zuneigung, freier und unbeschwerter. Die Vergangenheit liegt in meinen Berliner Kartons nicht begraben, aber sie ist nicht mehr Gegenwart. „Wer liebt mich am meisten?", frage inzwischen auch ich täglich meine Lieben, die jedes Mal seltsamerweise dabei die Augen verdrehen, anstatt mir guten Honig anzubieten. Vielleicht liegt das daran, dass ich nie Herr im Hause war und somit nur Luftschlösser zu vererben habe.

Mama

Mario Wirz

Nur gut, dass ihr Vater schon tot ist. Der Oberregierungsrat war so ein vornehmer Mann. Nicht mehr viel übrig von der stolzen Familie, tuscheln die Leute von Frankenberg hinter dem Rücken meiner vierzigjährigen Mutter. Die Fenster der schmucken Fachwerkhäuser sind Augen, die alles registrieren. Hinter den Gardinen wispern die Gerüchte und Skandale, von denen sich die Kleinstadt ernährt. Haben Sie schon gehört? Die Wirz hat sich einen Bankert andrehen lassen. Vierzig Jahre alt und blöd wie ein Backfisch.

Im sechsten Monat ihrer Schwangerschaft verlässt meine Mutter kaum noch die Wohnung, weil sie die hämischen Blicke nicht erträgt. Noch drei Monate vom sogenannten Licht der Welt entfernt, schwimme ich im dunklen Nebel der Scham.

Dein dicker Bauch ist peinlich. Alle an der Schule lachen über mich. Konntest du dir nicht wenigstens einen unverheirateten Kerl suchen?, jammert meine sechzehnjährige Schwester. Du hättest dein Problem loswerden können. In Holland gibt es diskrete Ärzte. Jetzt ist es zu spät. Hier ist kein Platz für deinen Fehltritt. Gib das Baby zur Adoption frei, giftet meine Großmutter. Zu ihr ist meine Mama nach dem Freitod ihres Mannes vor vierzehn Jahren mit ihrer zweijährigen Tochter als mittellose Witwe zurückgekehrt.

Der junge Leutnant hat nicht ausgehalten, was er im Krieg sehen musste. Seine Sensibilität ist eine Schande in den Augen der Nazis. Weil er nicht auf dem „Feld der Ehre" gefallen ist, verweigert die Bundesrepublik meiner Mutter die Offiziersrente, die sie jeder Nazi-Witwe bedenkenlos gewährt.

Frag in der Klinik, ob du schon früher kommen kannst. Dein dicker Bauch ist wirklich nur lächerlich, murmelt meine Großmutter und lächelt ihrer Enkelin zu. Noch nicht auf der Welt fange ich an, mich vor der Welt zu fürchten.

Nach meiner Geburt erkrankt meine Mutter am Kindbettfieber, eine postnatale Komplikation, die 1956 nur noch selten diagnostiziert wird. Ihr Fieber ist das Feuer der Scham. In diesen Flammen lodern die Ängste meiner Mama vor dem Leben.

Auf dem Scheiterhaufen der üblen Nachrede verbrennen ihre Hoffnungen, dass Großherzigkeit und geistige Noblesse am Ende über kleinkarierte Normvorstellungen triumphieren.

Der beschränkte Horizont der Gartenzwergbesitzer, ein alltäglicher Terror in der Kleinstadt. Die Verachtung der Familie, ein einsamer Schmerz, in dessen Fieber meine Mama versinkt. Vielleicht steigt das Fieber auch mit der wachsenden Mutlosigkeit meiner zur Unselbstständigkeit erzogenen Mutter, die mit vierzig Jahren immer noch gehorsam die töchterliche Rolle übernimmt. Vielleicht quält sie ihr verzagtes Selbstbild, die Scham, dass sie von meiner Großmutter finanziell abhängig ist, die Scham, dass ihr Energie und Selbstvertrauen fehlen, entschlossen ihr eigenes Leben zu wagen.

Die Ärzte können ihr das lebensbedrohliche Fieber nehmen, nicht aber die Scham.

Ihr Sohn verbringt seine ersten drei Jahre in einem fünfunddreißig Kilometer von Frankenberg entfernten Kinderheim. Seine Mama ist nicht stark genug, sich gegen die Dominanz ihrer Mutter zu wehren. Als aber ein amerikanisches Ehepaar mich adoptieren will, verweigert meine Mutter ihre Zustimmung.

Meine Großmutter gibt nach und erlaubt meiner Mama, mich aus dem Heim zu holen.

Meine Schwester hat inzwischen die Kleinstadt verlassen, um an der Seite eines zehn Jahre älteren Ehemannes ihre eigene Familie zu gründen. Deswegen ist das störrische Herz der alten Dame frei für ihren liebeshungrigen Enkel. Der kann sein Glück nicht fassen, dass sich die Welt plötzlich fürsorglich und zärtlich nur noch um ihn dreht.

Oma und Mama wetteifern um meine Gunst. Ich bin ihr Augenstern. Der Prinz. Ihr kostbarster Schatz. Der Prinz schämt sich, dass er auch noch mit sechs Jahren ein Bettnässer ist, doch Oma und Mama küssen die knäbliche Scham von seinen Wangen und setzen ihn auf den Thron ihrer bedingungslosen Liebe.

Kurz vor meiner Einschulung stirbt meine Oma und hinterlässt einen bedrohlichen Schuldenberg. In ihrer gelernten Weltfremdheit hat meine Mutter es versäumt, rechtzeitig das janusköpfige Erbe abzulehnen. Noch jahrelang wird sie von den Kaufleuten der Kleinstadt drangsaliert, die der Witwe des Oberregierungsrates bereitwillig jeden Kredit einräumten, ohne je die Bonität der zur Verschwendung entschlossenen Dame zu prüfen.

Verzweifelt bietet meine Mama den unerbittlichen Gläubigern monatliche Ratenzahlungen an, die ihre geldlichen Möglichkeiten überfordern. Am Ende dieses trüben Kapitels muss sie beim Amtsgericht einen „Offenbarungseid" ablegen. Es versteht sich von selbst, dass die Kleinstadt auf die Erklärung der Zahlungsunfähigkeit mit schadenfroher Anteilnahme reagiert. Wir ziehen in eine kleine Wohnung. Tapfer trotzt meine Mama der desolaten Geldlosigkeit mit Humor und Poesie.

Wenn es mittags nur ein Marmeladenbrot gibt, schmückt sie den Tisch üppig mit Blumen, die sie auf einer Wiese gepflückt hat. Ihr fröhliches Lachen. Die verwegenen Geschichten, mit denen sie meine Fantasie füttert. Die Königin und der kleine Prinz speisen in ihrem prachtvollen Palast. Alles leuchtet. Unsere Zweisamkeit ist hell und glücklich. Die graue, missgünstige Welt der Kleinstadt bleibt vor dem Fenster.

Apfelkuchen steht nicht auf dem Zettel, den meine Mutter mir mitgegeben hat, aber ich kann der Versuchung nicht widerstehen.

Frau Grünert, die mürrische Besitzerin des Ladens an der Ecke, packt zögerlich die Waren in meinen Einkaufsbeutel und liest in meinem tomatenroten Gesicht den Text, den ich gleich auswendig runterstottern werde. Sie hört ihn nicht zum ersten Mal.

Meine Mutter schickt freundliche Grüße und bittet Sie herzlich, alles anzuschreiben, stammele ich und schäme mich, weil andere Kunden im Laden sind, denen kein Wort entgeht. Arm wie eine Kirchenmaus ist die Wirz mit ihrem Bastard, höre ich zwei Frauen an der Käsetheke flüstern.

Sag deiner Mutter, dass noch 25,86 DM vom letzten Einkauf offen sind, sagt Frau Grünert viel zu laut und reicht mir widerwillig den mit unbezahlten Lebensmitteln gefüllten Beutel.

Ganz oben liegt der Apfelkuchen.

Was ist ein Bastard?, frage ich und bin entsetzt, dass meine Mama mit Tränen antwortet.

Sie schneidet mir ein zweites Stück vom Apfelkuchen ab, über den sie vorhin geschimpft hat. Ich stopfe mir zu viel auf einmal in den Mund. Der Kuchen schmeckt nach Kummer.

Blicke besudeln unser kleines Königreich.

Hier riecht es nach Armut, sagt eine Nachbarin mit derber Lakonie. In den Augen der anderen verwandelt sich der Palast in eine schäbige Hütte. Dieses elende Gefühl von Peinlichkeit, wenn mich ein Schulfreund zu Hause abholt. Meine Mama bezaubert alle mit ihrem Charme, aber ich schäme mich. Ich verrate die Königin und ihre Liebe zu mir.

Ich schäme mich, dass ich mich schäme.

Jahrzehnte später, nach dem Tod meiner Mutter, kehre ich an ältlichen Nachmittagen bei Kaffee und Apfelkuchen zurück in unser Königreich, jenen prachtvollen Palast voller Wiesenblumen, in dem die Königin und ihr Prinz die Welt vor dem Fenster vergessen.

Kleve

Christoph Klimke

Wo ist man zu Hause? Dort, wo man aufgewachsen ist, oder wo man jetzt lebt, bei dem, den man liebt, oder gar bei sich selbst? Fühlt man sich geborgen in dem Getümmel der Großstadt oder am Meer, in den Bergen, unterwegs im Zug, am Flughafen, in einer Nachtbar, im Tiefschlaf, in den versunkenen Träumen, in den kleinen Geheimnissen, auf dem Papier, auf der Bühne, im Sich-Verlieren, im Rausch, im Erfolg oder im Scheitern?

Doch der Reihe nach. Schwimmen gelernt habe ich im Altrhein bei Kleve, jener Kleinstadt an der holländischen Grenze, die mit ihrer Schwanenburg am Hügel über den ansonsten planen Niederrhein triumphiert. Aufgewachsen bin ich eigentlich auf dem Fahrrad, denn hiermit bewegten wir uns alle zur Schule, zu Freunden, zum Sport, zu den Feten am Wochenende und den ersten heimlichen Verabredungen. Damals war durch die Woche das Wohnzimmer das einzige Abendprogramm und ich kann mich sogar noch erinnern, wie die Ermordung John F.

Kennedys bekannt gegeben wurde und meine Mutter in Tränen ausbrach.

Tränen gehörten zum Leben: die erste Mondlandung, der Vietnamkrieg, die Opfer der RAF, Benno Ohnesorg, Rudi Dutschke, Israel-Palästina. Abend für Abend erst in Schwarz-Weiß und heute längst in Farbe auf Flachbildschirm. Die Welt kam so ins Haus, in jedes Wohnzimmer, wo Gardinen und Topfpflanzen uns schützten vor nachbarlicher Neugierde. Samstags dann der Besuch von Kollegen meines Vaters. Wir Kinder wurden ins Bett „gestopft", wie es hieß, während die Eltern sich schick machten. Alle Ehepaare siezten sich und gegen 23 Uhr 30 sah der Gastgeber mit demonstrativem Gähnen auf die Uhr. Alle brachen dann höflich auf, ohne zu vergessen, sich bei der Dame des Hauses für den Moselwein, die Häppchen und Käsewürfel mit aufgespießten Mandarinen aus der Dose herzlich zu bedanken. „Beim nächsten Mal kommen Sie aber zu uns!", verabschiedete man sich und wir schlichen, als die Eltern endlich im Bett lagen, ins Wohnzimmer, um die Reste an Salzstangen, Erdnüssen und Pralinen zu verputzen.

Gern fuhr ich zu Onkel Klaus zu Besuch, denn dort durfte ich am Abend *Mit Schirm, Charme und Melone* im Fernsehen genießen und dazu gab's Malzbier. Herrlich! Die Fernsehkost bei uns war ansonsten wenig kulinarisch. *Catarina Valente Show, Der goldene Schuß, Einer wird gewinnen, Am laufenden Band* war unser Wochenendvergnügen, vielleicht auch einmal eine Übertragung aus dem Ohnsorg-Theater, unvergessen dort *Tratsch im Treppenhaus* mit Henry Vahl und der unvermeidlichen Heidi Kabel. Durch die Woche *Ein Platz für Tiere* mit dem näselnden Bernhard Grizmek oder *Was bin ich?* mit Robert Lembke.

Doch dann kam alles anders: *Spätere Heirat nicht ausgeschlossen* war die erste Kennenlernshow im Dritten Programm des WDR, moderiert von dem steifen Herrn Münchenhagen. Der saß neben seinem Gast auf einem Sofa und befragte ihn nach dessen

Präferenzen, die brav zwischen sportlich und erfolgreich, blond ohne Bart, kinderlos, aber mit Auto pendelten. Eines Abends schaute uns ein junger Mann ins Wohnzimmer, der, vom Moderator befragt, seine Traumfrau schildern sollte. Doch als dieser mit der Wahrheit rausrückte, er suche einen Mann, einen echten Kerl, aber keinen Szenetyp, sprang meine Mutter vom Sofa auf, warf ihr Strickzeug beiseite und schaltete schnell um auf *Aktenzeichen XY ... ungelöst*, wo gerade Eduard Zimmermann mit sonorer Stimme ins Schweizer Studio zu Werner Vetterli übergab, um die aktuellen Fahndungsergebnisse zu erfragen.

Natürlich spielte die Schule, also das Freiherr-von-Stein-Gymnasium, die Hauptrolle im Leben der Pennäler. Tatsächlich fand sich hier, als ich in die fünfte Klasse kam, ein Sammelsurium aus alten Lehrern wieder, so dass der Verdacht nahe lag, das seien die letzten Straftversetzten der Nachkriegszeit. Verwundungen war zudem augenfällig, mein Geschichtslehrer hatte eine Beinprothese und der Englischpauker einen Granatsplitter im Kopf. Im Sommer musste man sich vor ihm besonders in Acht nehmen, da der Splitter dann, wie Herr Fuß uns zu erklären pflegte, zu wandern begann. Dann wurde er cholerisch und brüllte uns zusammen. Aber wir sollten, wie bei allen anderen handgreiflichen Pädagogen, Verständnis zeigen. Der Mathematiklehrer bekam einmal einen Verweis, da er einen Schüler im dritten Stock aus dem Fenster gehalten hatte. Andere schlugen mit dem Lateinbuch oder dem Lehrerstuhl um sich. Ausgleich fanden wir als Kinder im Messdieneramt oder später beim Sport und den ersten Fummeleien.

Zwischen Rindern, Niedermörmter, Schenkenschanz und anderen Dörfern bewegten wir uns per Fahrrad durch die Wälder und Weiten des Niederrheins mit seinen Deichen und Pappelalleen. Im Schloß Moyland, das damals noch eine Ruine war, spielten wir verbotenerweise Ritter. Heute ist dort das Beuys-Museum. Joseph Beuys war natürlich verhasst bei den Klever

Kunst-Experten, denn „der konnte ja nicht einmal richtig malen". Heute bringt die Sammlung seiner Werke Touristen nach Kleve und so manch einer hat profitabel seine Meinung revidiert.

Zum Kiffen ging's nach Holland, nach Nijmegen in Teestuben, Coffeeshops, Reggaediscos und die eine Schwulenbar. Die demokratischen Niederländer schlossen, wenn sie hörten, dass die Tramper an der Straße Deutsche sind, gern schnell die Autotür und brausten ohne uns davon.

Einmal Niederrheiner, immer Niederrheiner. Die Schule gibt es noch, die Schwanenburg sowieso, den Tier- und Forstgarten, das schöne Umland. Diese Stadt bleibt ein Zuhause, auch wenn ich jetzt dort im Hotel nächtige. Dann komme ich mir vor wie ein Heimkehrer ohne Heim, doch nicht bemitleidenswert, sondern reich an schrecklichen und fabelhaften Geschichten, die hier im häufigen Nebel oder unter den Ästen der Trauerweiden am Kanal auf mich warten. Meine Schwester lebt hier und einer meiner Brüder. Die Schule steht noch und auf den Stufen der Christus-König-Kirche rutschen jetzt andere rot-weiß gewandte Knaben zu Weihrauch und Orgelklang.

„Jetzt träum nicht immer", wusste meine Mutter ihren Sohn aus dem für den Niederrhein typischen melancholischen Sinnieren zu wecken. Was hier Fantasie war und ist, weiß ich bis heute nicht so genau, wenn ich mit dem Fahrrad noch einmal von den Blicken der schwarz-weißen Kühe verfolgt die alten Wege abfahre. Der Fährmann von Schenkenschanz fällt mir ein, der schöne Junge aus der Klasse 9 neben mir, die Windmühlen, die verschwunden sind, der Sommergarten, die Abende mit den Freunden bei Chianti und Lambrusco, Al Stewart und Simon und Garfunkel und die Sonne, die dunkelorange in einem der Kanäle versinkt, der Geruch nach Gülle und Vaters Zigarillos, Mutters Sonntagskuchen und die Kornfelder.

„Na, hast du jemanden in der Stadt wiedererkannt", fragte meine Mutter, wenn ich zu Besuch aus Berlin kam und den obligatorischen Rundgang machte. Dann kam sie von „Höxgen auf Stöxgen", wie man hier sagt, und erzählte, wer alles weggezogen, gestorben und krank geworden ist, was sie schon immer über die Nachbarin ahnte und wer der Nächste sein wird, der für immer gehen muss. „Hab ich ja gleich gewusst", versicherte sie stets und berichtete schließlich mit leicht vorwurfsvollem Blick, wer von meinen Mitschülern inzwischen Karriere gemacht hat, mit Haus und Kindern versteht sich.

Vielleicht ist das überall so und vielleicht ergibt sich die Frage, wo man zu Hause ist, sowieso von selbst, wenn man sich schließlich ein wenig gerührt, aber auch ziemlich erleichtert zur Abreise begibt. Dann verschwindet hinter mir die Schwanenburg im Nebel, Nieselregen, Schneetreiben oder in dem gleißenden Sonnenlicht, und ich greife zum Handy und rufe dich in Berlin an.

„Freu mich auf dich heute Abend!"

Und du fragst: „Wie war's?"

„Wie immer!"

Bodo

Mario Wirz

In diesem Elendsviertel kannst du unmöglich länger wohnen. Was für ein Slum. Schon das Treppenhaus ist ein offensichtlicher Mordversuch. Was für eine abgefuckte Bruchbude. Du wirst hier sofort ausziehen. Ich lasse meine alten Freunde nicht im Stich. Ich nicht. Werde mich um alles kümmern. Wo bist du krankenversichert? Egal. Können wir später klären. Du brauchst erst mal neue Möbel, die deiner würdig sind. Habe dein Buch gelesen. Genial. Du bist ein großer Dichter. Und ich bin schrecklich reich und werde alles tun, damit du nie wieder Geldsorgen hast.

Bodo, mit dem ich vor zwanzig Jahren in einer kleinen Stadt bis zum Abitur die Schulbank gedrückt habe, stürmt schnell schwatzend in meine kleine Wohnung, als hätten wir uns auch gestern hier getroffen. Wir haben uns zwanzig Jahre nicht gesehen, aber ich erkenne ihn sofort.

Bodo, der Pfeife rauchte und Marx und Engels las, während ich von Cocteau und Genet schwärmte. Bodo, der unseren Geschichtslehrer, einen heimlichen Immernochnazi, mit verbaler Eloquenz und kalten Argumenten zu hysterischen Wutanfällen trieb, ohne die Stimme zu erheben. Bodo, der mich manchmal auf seinem Motorrad mitnahm und nicht ahnte, dass ich hinter ihm den Furchtsamen mimte, um beide Arme fest um ihn schlingen zu können.

Die besten Ärzte der Welt werden dich behandeln. Geld spielt keine Rolle. Ich habe Milliarden verdient und weiß nicht, wohin mit dem Scheißdreck. Willst du ein Haus am Meer? Kein Problem. Du sollst nur noch schreiben. Ab sofort übernehme ich alle Rechnungen. Nenne mir mal deine Bankverbindung. Hast du irgendwo Schulden? Raus mit der Sprache. Ich bin reich, aber ich habe meine alten Freunde nicht vergessen. Bodo sitzt auf meinem Sofa und spricht mit verwirrender Geschwindigkeit.

Ich verstehe nicht alles, was er mit atemlosem Tempo brabbelt, doch für einen Augenblick verfalle ich der Hoffnung wie einer Droge.

Der Mäzen, von dem ich immer geträumt habe, hat sich in meinem Jugendfreund materialisiert. Nicht länger können Mahnbescheide mich bedrohen. Nicht noch einmal werde ich die freudlose Sachbearbeiterin meiner Bank vergeblich bitten müssen, meinen Dispokredit zu erhöhen. Nie wieder werden vulgäre Geldnöte mich bedrängen. Das Wunder hat mich in meiner kleinen Hinterhofwohnung gefunden.

Einige gewinnen im Lotto, andere werden von der Existenz einer Tante in Amerika überrascht, die einen Universalerben für ihr Vermögen sucht, und ich habe einen Jugendfreund, der Milliardär geworden ist und meine Bücher mag.

Was für eine überraschende Wendung des Schicksals. Was für eine originelle Dramaturgie. Der arme, kranke Dichter und das Wunder. Heute enden alle Geldsorgen, und morgen oder übermorgen werden die besten Ärzte der Welt verhindern, dass ich vor meinem hundertsten Geburtstag in die Unsterblichkeit großer Dichter verschwinde. Ich fühle mich verjüngt von diesem Plot wie der glückliche Held eines Groschenromans. Schon beziehe ich mit meinen Freunden das große Haus am Meer. Weite, helle Zimmer für meine Dichterfreunde Detlev und Christoph, Michael und Sigrun. Ein Atelier für Rinaldo und Alexander und Georg. Ein Studio für meine Sängerfreunde Boris und Stephan und Martin.

Einen Augenblick verschwimme ich mit meiner Vision im flirrenden Licht kommender Tage, berauscht von der immerwährenden Nähe des Meeres, berauscht von der neuen Leichtigkeit des Seins, dann strande ich jäh am Ufer nüchterner Tatsachen. Bodo monologisiert immer noch mit aufgeregtem Tempo, doch jetzt sehe ich das Glitzern in seinen Augen, höre den größenwahnsinnigen Dämon hinter seiner Stirn und weiß, dass mein großzügiger Jugendfreund nicht in jener Welt lebt, in der ich einen Makler mit der Suche nach einem tauglichen Haus am Meer beauftragen könnte.

Ein Anruf von mir, und der Präsident von Amerika ist arbeitslos. Soll ich es dir beweisen? Ich will meine Macht nicht missbrauchen, aber ich lasse mich auch nicht betrügen. Den Ärzten kannst du doch kein Wort glauben. Professionelle Hilflosigkeit. Die Sache mit dem Aids ist auch so ein Schwindel. Die wollen uns Angst einjagen, aber nicht mit mir. Total korrupt, die Pharmaindustrie. Heike und ich haben Beweise. Wenn wir die der Presse zuspielen, kommen die alle in den Knast. Kennst du Heike? Tolle Frau. Über die musst du mal ein Buch schreiben. Fährt wie der Teufel. Ich bin mit ihr nach Berlin gekommen. Wir wohnen bei ihren Freunden. Nächste Woche fahren wir wieder zurück. Würde es dir was ausmachen, mir bis morgen 50 DM zu borgen? Die blöden Amis wollten nicht so viel Geld nach Deutschland transferieren, da gibt es so ein bescheuertes Transferabkommen. Ich lebe in New York, aber nicht mehr lange. Will mit Heike in die Schweiz auswandern. Natürlich nicht nur wegen der schönen Landschaft. Vielleicht ziehen wir auch nach Liechtenstein. Jetzt müssen sich meine Anwälte erst mal um diese vertrackte Transaktion kümmern. Tut mir leid, dass ich dich wegen dieser Lappalie belästigen muss, aber ich wusste, dass du einen alten Freund nicht im Stich lässt.

Bodo lacht zuversichtlich, und ich bin froh, dass ich wenigstens zwei Zwanzigmarkscheine in meinem Portemonnaie finde, die ich meinem edelmütigen Milliardärfreund geben kann.

Mach dir wegen der Seelenklempner keinen Kopf. Diese Pfuscher haben alle selbst einen großen Knall. Wäre gerne noch etwas länger geblieben. Muss aber los. Du verstehst. Dringende Termine. Immer dieser Stress.

Bodo umarmt mich ungeschickt und verschwindet, so schnell wie er gekommen ist. Pass doch auf, du Wichser!, schreit draußen mein jähzorniger Nachbar, der zu viel trinkt. In mir ist ein Weinen. In mir ist ein Lachen. Ich stehe am Fenster und schaue in meinen traurigen Hinterhof und sehe, wie ich hinter Bodo auf seinem Motorrad sitze und glücklich beide Arme fest um ihn schließe.

Tanzstunden

Christoph Klimke

Wie peinlich! Braune Cordjacke, beigefarbene Hose mit Schlag, dazu die Krawatte zum Anstecken. Aber zum Abschlussball des Tanzkurses in der Stadthalle macht man sich halt schick. Und das war „in" im Jahre 1974. Ich hatte lange Haare, trug ansonsten natürlich den obligatorischen Parka, meine Leidenschaft galt dem Sport und meinem besten Freund, der so heißt wie ich. Christoph & Christoph waren unzertrennlich vom Christus-König-Kindergarten bis zum Gymnasium. Als Kinder spielten wir zusammen, ließen einander abschreiben in der Schule und waren beim Volleyball unschlagbar. Merkur Kleve konnte auf uns bauen. Wir waren die Hauptangreifer jener Sportler, die alle aus unserer Schulklasse kamen.

Doch heute: eins-zwei-Wiegeschritt-rück-seit-ran. Tango eben. Unsere Eltern sitzen rauchend und einen guten Rhein-Hessenwein trinkend an den langen Tischen. Die Lehrer sind da, die Geschwister und meine Tanzpartnerin Lilo im Jeanskleid.

Wir drehen unsere Runden und die Tanzschule Seidel kann stolz auf uns sein.

Jeden Freitag um 19 Uhr trafen wir uns in deren Räumen über dem Kino, wo wir danach vor den Plakaten standen, die die Spätvorstellung ankündigten. Nur für Besucher ab achtzehn Jahre. Bei den nackten Frauen und Männern wurden breite Balken über bestimmte Stellen geklebt, die aber unsere Fantasie nur beflügelten. Wir radelten dann ins Radhaus, dem Jugendtreff der Stadt, um dort noch eine zu rauchen. Gras und andere Kräuter. Manchmal versammelten wir uns auch vor dem Kamin im Elternhaus meines Schulfreundes, pafften sehr männlich die eine oder andere Pfeife, tranken Lambrusco und hörten Leonard Cohens rauchiger Stimme zu. Über die Zukunft und Träume redeten wir bis in die Nacht hinein, „Kinder, macht nicht so spät", hieß es von den besorgten Eltern, doch Kinder waren wir keine mehr.

Das bekam ich vor allem zu spüren, als mein Christoph seine erste Freundin hatte. Wie konnte er nur? Was wollte er mit der? Ich aber schwitzte weiterhin meine Verklemmungen beim Sport aus und meine verletzten Gefühle verwirrten mich noch mehr. War es die Rache dafür, dass ich ihn einmal in unserem jungen Leben im Stich gelassen hatte? Wir waren in der zweiten Klasse und unsere Lehrerin Frau Bässe, eine dicke, freundliche, aber durchaus auch resolute Frau, inszenierte mit uns den Sankt Martin. Natürlich war mein Freund der Heilige und ich der Bettler. Ich war überglücklich, denn nur wir beide konnten auf solchen Brettern glänzen. Die Proben liefen gut, die Premiere nahte. In der Nacht zuvor bekam ich Durchfall, Fieber und Schüttelfrost. Ich war so aufgeregt und voller Angst, dass ich alles falsch machen würde, bis meine Mutter in der Schule anrief und mich entschuldigen musste. Doch Frau Bässe sagte die Aufführung nicht ab. Sie besetzte einfach um. Das war mein Drama.

Als ich nach Berlin zog, ging ich oft in die Diskos. Am Adenauerplatz bewunderte ich die schönen eineiigen Zwillinge, die zudem ein Paar waren. Faszinierend und unvorstellbar, die beiden glichen einander vollkommen und lebten zusammen. Heute gibt es die beiden nicht mehr. Die Diskothek hat geschlossen und die Tanzerei würde mich anöden. Doch einmal auf der Durchreise in Mexiko sitze ich in einer heißschwülen Nacht in einer Strandbar. Die Lichterketten in den Palmen geben sich Mühe gegen den schwarzen Himmel. Auf den Plastikstühlen sitzen nur ein paar alte Männer, die Karten spielen und Tequila trinken. Aus der Musikbox amerikanische Schlager. Ein Junge, so um die fünfzehn Jahre alt, tanzt wie besessen mit seiner Partnerin. Sie lächeln uns zu. Der Junge, der das Publikum genießt und außerhalb der Tanzstunden mit Mädchen eher nichts im Sinne hat, legt nun richtig los. „Die üben für eine Hochzeit nächsten Samstag." Ich applaudiere und gehe in mein nacktes Zimmer. An der Wand ein lauter Gecko. Mir fallen die Augen zu und ich träume, dass ich an einem Wegesrand sitze, es schneit und jemand kommt geritten, steigt ab vom Pferd und legt mir seinen Mantel um die Schultern. Ich stehe auf und laufe durch einen weißen Wald. Der andere folgt mir hoch zu Ross, ich kann sein Gesicht nicht sehen. Auf einer Lichtung halten wir, es hört auf zu schneien und er blickt mich an. Ich sehe mir in die Augen. Der Reiter bin ich.

Anneli

Mario Wirz

Totsein ist auf Dauer ziemlich anstrengend, sagt Anneli und setzt sich zu mir aufs Sofa. Immer, wenn jemand an uns denkt, lärmt es aufdringlich in unserem Schlaf. Total nervig. Die Erinnerungen der Lebenden sind ein lästiger Krawall. Von wegen „Ruhe sanft". Auch der Tod ist eine Mogelpackung. Wie sie mich anöden, diese von Gestrigkeit besessenen Freaks, die unerbittlich und ausführlich von ihrer Vergangenheit schwärmen.

Du bist auch ein sentimentaler Zombie. Hörst spät in der Nacht Janis Joplin, hast aber eine Wampe und Ansatz zum Doppelkinn wie jene Spießer, die du damals lautstark verachtet hast. Deine gekränkten Dackelaugen ändern nichts an den Tatsachen. Früher hast du gekifft und warst fröhlich, und jetzt säufst du mit Leichenbittermiene teuren Rotwein. Nicht aus der Flasche wie einst bei unseren Lambrusco-Orgien, sondern aus einem stilvollen Weinglas.

Deswegen musst du nicht den guten Wein verschütten. Immer noch der alte Tolpatsch. Rotweinflecke auf dem Sofa. Was für eine komische Szene. Wäre ich nicht schon tot, würde ich mich totlachen.

Fünfzigjähriger mit Wampe und Schlafstörungen hockt auf dem besudelten Sofa und baggert seine vergangene Jugend an. Und die, die schlafen kann, weil das nun für immer und ewig ihr Job ist, muss sich seinen nächtlichen Blues anhören.

Wen interessiert es, dass du damals verliebt in mich warst? Der Mann im Mond und ich wissen, dass du auch schon vor fünfunddreißig Jahren stockschwul warst. Wir sind nach Amsterdam getrampt und haben gekifft. Na und! Wir haben auch andere Drogen ausprobiert. Wir waren stoned, high und hinüber und haben aneinander rumgefummelt. *So what!* Wir haben in meinem Zimmer Joplin und Hendrix gehört, und die Gartenzwerge der Kleinstadt haben gemeutert.

Wir haben ein bisschen gekokst und uns unbesiegbar gefühlt.

Schnee von gestern!

Ist deine Gegenwart so jämmerlich, dass du dich jetzt in den Träumen des Fünfzehnjährigen suhlen musst? Oder fürchtet sich der Halbhundertjährige auf dem Sofa vor der Posse des Altwerdens? Totsein ist langweiliger.

Okay, du warst nicht nur verliebt in mich, du hast mich geliebt. Es dir zumindest mit glühendem Herzen eingebildet. Deine Liebesbriefe waren schön und druckreif. Und manchmal konnten sie für mich die trübe Kleinstadt in einen anderen Ort verwandeln. Tröstet dich das, du kläglicher Sofa-Greis?

Dein nostalgisches Geschwätz wäre mit einem Joint leichter zu ertragen, doch Monsieur kann mir leider nur *vin rouge* anbieten.

Meinetwegen musst du keine zweite Flasche öffnen.

Erspare uns bitte deine abgedroschenen Paris-Legenden.

Diese nächtlichen Rotweinmonologe sind lächerlich. *Ridicules.* Wie oft noch willst du diese Geschichten wiederkäuen?

Es war einmal ein wilder Kleinstadtlümmel mit Schlapphut, der pubertierte existentialistisch auf den Boulevards von Paris. Rauchte Gauloise, zitierte Sartre und sang Chansons von Brel und Piaf. Einschüchternd unmusikalisch, doch aus Mitleid warfen die Passanten Geld in seinen Hut.

Es war einmal eine heroinabhängige Kleinstadtgans, die war von diesem Möchtegern-Bohemien begeistert.

Es war einmal unsere Jugend.

Gras ist über sie gewachsen, und das Gras wurde zigfach abgemäht in diesen Jahren, und zigfach wuchs es wieder nach, das Gras.

Ich ging ein in die Statistik der Drogentoten, und du hast deine Fiktionen über dich selbst überlebt. Es ist nicht wichtig, dass du lange um mich getrauert hast.

Schwarze Klamotten standen dir gut, und mit deinen melancholischen Gedichten hast du den blonden Knaben verführt, von dem du nachts träumtest.

Könntest du bitte Janis etwas leiser stellen?

Ich glaube, Totsein ist spannender als dein mittelalterliches Gesülze.

Die halbe Flasche Rotwein auf dem IKEA-Teppich macht dich nicht wieder jung. Schau dich an. Du bist ein tragischer Tölpel, der dringend eine Mütze Schlaf braucht. Morgen, irgendwann am frühen Nachmittag, wirst du aufwachen, mit einem durchgedrehten Kater, und hoffentlich diese erbärmliche Rotweinfarce vergessen haben. Ich wäre dir dankbar, wenn dein gnadenlos gutes Gedächtnis mir eine längere Pause gönnen würde.

Lebe, bejahe deine Wampe und die Krampfadern, das Doppelkinn und eine noch zunehmende Lächerlichkeit, schreibe deine Gedichte, mystifiziere die Verwechselbarkeit deiner Biografie, aber nimm dich und den Zirkus hier nicht zu wichtig.

Höre von Zeit zu Zeit die Sterne kichern.

Gute Nacht.

Die Komplizin

Christoph Klimke

„Riecht es hier irgendwo nach Katze?", fragt mich Erna, bevor ich
überhaupt in ihre Wohnung eintreten kann.

„Überhaupt nicht", lüge ich freundlich und sehe, wie ihr Kater
Romeo gerade auf meine neue Tasche spritzt.

„Siehst du, das sage ich ja auch immer, aber alle behaupten,
meine Wohnung würde stinken. Frechheit!"

Auf dem Weg in die Küche redet sie unermüdlich weiter. „Ich
hab noch Leberwurst aus Deutschland und Pumpernickel, davon kriegst du aber nichts. Für uns hab ich Parmaschinken und
etwas Käse gekauft. Brühe hab ich noch eingefroren, aber dafür
ist es wohl zu heiß, oder?" Tatsächlich schwitze ich und schleiche
auf Ernas wunderbare Terrasse. Im Schatten wuchern in unzähligen Kübeln Gewächse, Bäume, Blumen, Sträucher. „Du kannst
schon mal die Pflanzen wässern, los, mach schon", kommandiert
sie in ihrem gewohnten BDM-Ton.

Es ist ein Juninachmittag und ich bin von meinem Dorf Pian di Scò über Figline Val d'Arno mit dem Zug nach Florenz gekommen und habe dann vom Hauptbahnhof den Bus bis zur Via Panciatichi genommen. Der Bummelzug war wie der Bus überfüllt und alle hingen an den Wasserflaschen. Der Arno ist jetzt schon nur noch ein Rinnsal und in der Böschung werden die bunten Mülltüten der umweltbewussten italienischen Hausfrauen sichtbar.

Einmal in der Woche mache ich mich auf den Weg zu meiner alten Freundin. „Wieso wohnst du nicht in der Stadt? Wäre doch viel bequemer. Und dann könnte ich dich auch mal besuchen", sagt sie mir zum hundertsten Mal.

1982 bin ich mit meinem ersten und inzwischen besten Freund Bernhard in die Toscana gezogen. Meiner Familie habe ich universitäre Gründe vorgegaukelt, aber in Wahrheit wollte ich hier einfach nur leben, lesen und schreiben. Das tat ich auch. Meinen Koffer voller Bücher von Thomas Mann bis Marcel Proust las ich vor allem im Winter, wenn zu unseren kalten Füßen die beiden zugelaufenen Katzen lagen und im begehbaren Kamin das feuchte Holz lautstark brannte.

Ein Jahr blieben wir hier und ich lernte die Sprache und Unsitten dieses begehrten Landes. Unsere Vermieterin fragte ich nach einem Job, ich müsse mir etwas dazu verdienen, um wenigstens einmal in der Woche in der Pizzeria im Dorf essen gehen zu können. „Geh zu Professoressa Grote", riet sie mir, „die unterrichtet Deutsch an der Dolmetscherschule in Florenz." Gesagt, getan. Ich klingelte schließlich an der Tür im Neubauhochhaus nahe dem Vorstadtbahnhof Firenze Rifredi. Eine ältere Frau im Putzkittel machte mir die Tür auf und eine kräftige Cinzano-Fahne wehte mir entgegen: „Du bist wohl der kleine Dichter, was?", begrüßte sie mich. Ich trat ein und wusste nicht, ob ich beleidigt sein soll oder sie nicht vielleicht Recht hat. Die Professoressa bat mich in ihr Wohnzimmer, schenkte ein und ich setzte mich neben eine rot-goldene Stehlampe. „Und die hast du wohl aus dem China-Restaurant", konterte ich und eine Freundschaft fürs Leben war geboren.

Einen Job hatte Erna nicht für mich, doch jeden Mittwoch Parmigiano, Schinken und Brot, Cinzano und Rotwein. Wir verbrachten die Nachmittage mit dem Erzählen, das heißt, sie redete und ich nickte. Von ihrer Heimatstadt Hannover, vom verstorbenen Mann, von den Verwandten, Geschichten aus dem Krieg und schließlich, was sie nach Florenz verschlagen hat. Ihre Studenten spielten eigentlich da keine große Rolle, eher schon Bismarck oder Golo Mann. Frauen kamen in ihren Erzählungen wenig und wenn dann mit Verachtung gestraft vor. Im Sommer trug sie leichte Kittel, im Winter zu große, abgetragene Breitcordhosen, die sie im letzten Frühjahr einem Obdachlosen vermachen wollte. Doch der lehnte dankend ab. Manchmal sind wir auch aufs Land gefahren, ein paar Tage in die kühlen toskanischen Berge, Kater Romeo saß dann mit Erna auf der Rückbank und hat mir tatsächlich einmal, da der Arme die Serpentinen nicht verträgt, in den Nacken gekotzt.

Dass ich schrieb, anstatt zur Universität zu gehen, beobachtete Erna mit Argwohn. Doch als ich ihr erzählte, dass ich als Kind Messdiener war und später Zivildienst in der Psychiatrie geleistet habe, musste sie lachen und sie sah dann doch ein, Klapse und Kirche seien für Autoren ideale Ausbildungsstätten. Und dort habe ich wirklich den Sinn für das Theatralische, für Dramaturgie und Komik entdeckt.

Jahre später hat mich Erna einmal in Rom besucht. Ich holte sie an der Stazione Termini ab und wir nahmen ein Taxi zur Piazza am Pantheon. Es regnete und die geschäftigen Römer verbargen sich unter ihren Schirmen. „Erst einmal einen Prosecco!", beschloss Erna und steuerte zielstrebig in die beste Bar am Platze. „Eine Flasche, Herr Ober!" Und wir feierten unser Wiedersehen. Nach dem Aperitif ging es dann in eine Trattoria am Cam-

71

po de' Fiori. „Hier hat Alberto Moravia die Totenrede auf seinen Freund Pasolini gehalten. Dichter tötet man nicht", erzählte ich.

„Du immer mit deinem Pasolini. Deutsche Klassik, die fehlt dir völlig", urteilte sie beim Studieren der Speisekarte. Sie bestellte gigantische Steaks und eine Flasche Wein nach der anderen. Beim Espresso und Grappa war sie tatsächlich so beschwingt, dass sie dem Chef des Lokals mit ihren bratpfannengroßen Händen auf die Schultern schlug, bis dieser verängstigt in seine Küche flüchtete.

In Berlin habe ich Erna noch einmal in einem Lokal am Görlitzer Park getroffen. Unser Hund Pazza war natürlich dabei und Erna schloss gleich Freundschaft: „Die Salami ist von Romeo für dich! Aber bild dir bloß nichts darauf ein!" Da brach sie in Tränen aus, denn ihr Romeo war verschwunden. Er, der Pascha des Hauses, war unauffindbar. „Der muss mir gestohlen worden sein. Was haben sie nur mit ihm gemacht?" Dass der Kater vielleicht eine Julia kennengelert hatte, kam Erna nicht in den Sinn.

Als ich Erna zum letzten Mal in einem niedersächsischen Pflegeheim besuchte, durfte ich Hund Happy mitnehmen. Das hatte die kranke, alte Frau gegen die Heimordnung durchgeboxt. Ich brachte ihr Prosecco mit, den wir auf ihrer Bettkante wortlos tranken. Happy lag vor uns und Erna streichelte sie ganz vorsichtig: „Wie schön du bist!"

Nach einer Stunde machte ich mich mit dem Hund auf den Heimweg nach Berlin. Erna schlich mit ihrem Rollator tapfer mit bis zum Parkplatz. Wir umarmten uns und beim Abfahren sah ich sie im Rückspiegel. Sie stand vor dem roten Klinkerbau und winkte. Ihre dünnen Haare wehten im Wind. Happy saß auf der Rückbank und schaute ihr zu. Tiere mochte Erna alle, Menschen wenige. Ich schickte ihr dann noch zwei Fotos von Pazza und Happy, die sie aber, soweit ich weiß, nicht mehr in den Händen halten konnte.

Mit meinen Büchern konnte Erna – glaube ich – gar nichts anfangen. Aber das spielte keine Rolle. Uns verband eine *complicità*, wie man auf Italienisch sagt, eine heimliche Komplizenschaft, eine Geheimsprache. Ein Blick genügt und du weißt, was der andere meint oder will. Diese intime Verständigung, die die Welt um uns herum ausschließt, ist kostbar, ein Geheimbund, eben eine seltene Art Liebe.

Ich & Ich

Mario Wirz

Immer kurz vor einem Nervenzusammenbruch, jäh, wenn das tyrannische Quieken der Supermarktkassenmäuse vor jedem Artikel nicht enden will, unerträglich und gnadenlos, das unaufhörliche Piepsen der elektronischen Preisnager, nicht nur für Tinnitus-Patienten. Immer kurz davor, in Tränen auszubrechen oder spontan durchzudrehen, allumfassend und beunruhigend, dieses Vierundzwanzig-Stunden-Gefühl, überfordert zu sein.

Immerzu erschöpft und gereizt, auch nach zwei Jahren Nikotinentzug, ich flippe aus, wenn die Autos mich in Grund und Boden hupen, wenn die Sirenen der Rettungswagen mich persönlich zu verfolgen scheinen, wenn der schrille Lärm der Großstadt Tag für Tag meine nervöse Ohnmacht beweist. Nicht nur die akustisch wahrnehmbaren Tatsachen der Metropole attackieren mein ramponiertes Nervenkostüm. Eine Lappalie wirft mich aus dem nicht vorhandenen Gleichgewicht, auf eine Bagatelle reagiere ich mit vegetativem Amoklauf. Das kleinste Missgeschick wie eine umgekippte Kaffeetasse behandele ich wie ein Unglück. Entsetzt schaue ich auf die Metamorphosen des Fünfzigjährigen und mag ihn nicht, diesen jämmerlichen Herrn, der den Hysteriker und den Choleriker in einer Person übergewichtig verkörpert, Sensibelchen und Arschloch, Wüterich und Zimperliese, einfach nur lächerlich, das alles. Wann habe ich begonnen, mich in eine Mimose zu verwandeln? Wann habe ich den Mann, den ich für halbwegs gelassen und humorvoll hielt, das letzte Mal gesehen?

Wahrscheinlich sind es die Wechseljahre, lästert der junge Mario und stürmt mit angezündeter Zigarette in meine kleine Wohnung, obwohl er weiß, dass ich seit zwei Jahren nicht mehr rauche.

Entspanne dich und steh nicht tragisch in der Gegend rum wie eine Drama-Queen, röhrt er mit seinem dunklen Hirsch-Timbre und fläzt sich auf meinem alten Sofa.

Schon irgendwie komisch, dass du nicht mehr rauchst. Willst wohl noch älter werden als Ernst Jünger, spottet Mario und pustet mir den Rauch ins Gesicht. Ich schweige und fühle mich unbehaglich. Seine Schlaksigkeit. Sein glücklicher Hochmut. Sein arrogantes Rabengesicht. Weiß genau, was du denkst. Du siehst inzwischen aus wie eine feiste Echse. Bisschen Leguan, bisschen Krokodil. Dann pass gut auf, murmele ich und stelle widerwillig einen Aschenbecher auf den Tisch, was Mario aber nicht daran hindert, weiterhin die Asche seiner Zigarette auf meinen Teppich zu streuen. Bist ein verzickter Spießer geworden. Alles, was du früher an anderen verabscheut hast, bist du nun selbst. Zwanghaft und rechthaberisch. Kleinlich und furchtsam. Recht langweilig.

Deine Oberflächlichkeit ist auch nicht abendfüllend, kontere ich schwach und muss mich beherrschen, den jungen Mario nicht um eine Zigarette zu bitten.

Weißt du noch, wie wir mit Françoise Sagan in ihrem schnellen Auto durch die nächtlichen Straßen von Paris gefahren sind?, schwärmt Mario und zündet sich eine Zigarette an. Damals kannten wir uns noch gar nicht, korrigiere ich ihn besserwisserisch. Noch nicht so gut, aber doch schon ein wenig, lenkt er ein und lächelt versonnen. Ich war achtzehn Jahre alt, kam aus einem Kaff und mimte großmäulig den Kosmopoliten. La Sagan lachte mich aus. Es ist immer wieder inspirierend, sich mit einem reifen Charmeur zu unterhalten, der schon so viel gesehen und begriffen hat. Sie sprach schnell, und ich war stolz, dass ich fast alles verstand. Warum erzählst du mir diese sentimentale Anekdote?

Weil du damals glücklich warst. Mario hört selbst, dass sein Satz etwas zu pathetisch klingt, und kichert verlegen. Schreib doch über diese verrückte Nacht in Paris, das würde die Leser mehr interessieren als Erinnerungen an einen Roller. Warum gibt es bislang keinen Text über deinen furiosen One-Night-Stand mit Nurejew? Du bist ein alberner Promificker, sage ich wütend und möchte Mario das blöde Grinsen aus dem Gesicht schlagen, aber der lässt sich nicht bluffen. Hast neulich selbst daran gedacht, du Heuchler. Auch über deinen Kaffeeklatsch mit der angeheiterten Zarah Leander wolltest du schreiben. Ist doch okay. Der Klimke prahlt doch auch mit seinen Berühmtheiten.

Wir müssen beide lachen und lästern ein bisschen über Christoph.

Bin ich eingeschlafen? Der junge Mario ist weg, was mich mehr erleichtert als betrübt, doch auch noch Tage danach stinkt es eklig nach kaltem Rauch in der Wohnung.

Donnerstags

Christoph Klimke

An jedem Donnerstagvormittag so gegen halb elf klingelte es an unserer Haustür und die Nachbarinnen trafen ein. Im Haus roch es bereits nach frisch gebrühtem Kaffee und der Toaster glühte auf Hochtouren. Schließlich machte ja gleich unsere Putzfrau Rosalie Pause und das war für die Damen vom Tulpen-, Rosen- und Nelkenweg das wöchentliche Ereignis. Da durfte niemand fehlen.

Rosalies donnerstägliches Eintreffen wurde bereits den ganzen Mittwoch über vorbereitet. Ich wurde nach der Schule mit dem Fahrrad in die Stadt zu Metzger Schroers geschickt, natürlich der beste in ganz Kleve. „Bring zweihundert Gramm Lachsschinken mit, aber dünn geschnitten, den isst Rosalie so gern!"

Dabei dachte ich, eine Diät wäre das Richtige für die Freundin des Hauses, denn wenn ich sie morgens auf ihrer Vespa zu uns den Hang hinauffahren sah, tat mir das Gefährt wirklich leid. Doch da Rosalie überzeugend beteuerte, beim Fasten würde sie wundersamerweise immer zunehmen, ließen wir alles beim Alten. Mutter putzte also mittwochs die Fenster, denn das war ja unserer Perle, die über Rückenprobleme klagte, nicht zuzumuten. Und am Donnerstagnachmittag wischte ihre Arbeitgeberin die Zimmerecken feucht nach, denn die übersah Rosalie gern. Am Abend war dann meine Mutter fix und fertig und musste sich erst einmal sechs Tage lang bis zum nächsten Mittwoch erholen.

Doch in der halben Stunde Pause beim Toast mit Lachsschinken und starkem Kaffee, den Rosalie jedes Mal gütig lobte, wurden wir für unsere Mühe entschädigt. Plötzlich wurde aus der mäßigen Reinigungskraft eine meisterliche Erzählerin, die uns alle in ihrem Bann hielt. Von Herbert, ihrem Mann, wusste sie Neues zu berichten, von der Baustelle, auf der er arbeitete, von Kegeltouren und all den anderen Stellen, wo sie putzte, aber es nie so guten Schinken gab wie bei den Klimkes.

Einmal erzählte sie von der neuen Stelle bei einem jungen Richter. „Ein netter Mann eigentlich", urteilte sie großzügig und Herbert hatte auch nichts dagegen, schließlich muss ein Richter ein anständiger Mensch sein. „Ich putze also sein Schlafzimmer", holt Rosalie aus, „und muss natürlich auch mal in den Schränken Ordnung machen. Im Nachttisch finde ich plötzlich … da kommen Sie nie drauf, was ich da zu Gesicht bekomme!" Kunstvoll legt sie eine Pause ein, keiner in der Runde wagt, ins Toastbrot zu beißen, die Augen weit aufgerissen starren wir die Erzählerin an, die uns wieder profihaft zappeln lässt. „Pornos. Aber nicht nackte Frauen. Nackte Männer! Also, da hab ich mich erst einmal aufs Bett gesetzt, eine Zigarette angezündet und alles genau studiert. Ihr könnt euch das nicht vorstellen!" Wir atmen im Chor aus. „Zu Hause hab ich dem Herbert gesagt, eigentlich ein armer Mann, dieser Richter. Der sollte besser wegziehen aus Kleve. Denn hier spricht sich so was leicht rum."

Unnötig zu erwähnen, dass der junge Jurist nicht mehr am Niederrhein wohnt.

Bis zum Tod meiner Mutter kam Rosalie donnerstags in unser Haus. Die eine wurde immer dünner, die andere immer dicker. Meine Mutter schimpfte über sie, doch Rosalie gehörte längst zur Familie. Und auch auf der Beerdigung ihrer Chefin war sie natürlich beim obligatorischen Streuselkuchen hinterher. Da saß sie neben mir, hielt meine Hand, ihre roten Haare waren hochtoupiert und mit wahrscheinlich mehreren Flaschen Haarspray gegen jeden möglichen Orkan gefeit, sie tröstete mich mit Tränen in den Augen und ich glaube ihr, dass sie meine Mutter geliebt hat. Inzwischen ist auch sie in wohlverdientem Ruhestand und vielleicht entscheidet sich deswegen so manch einer, den Weg wieder nach Kleve zurückzufinden.

Unlängst hab ich mir bei Karstadt in Kreuzberg Lachsschinken gekauft, natürlich längst nicht so gut wie der von Metzger Schroers. Einen Toaster müsste ich mir besorgen und eine Annonce schalten: „Suche für Donnerstagvormittag eine dicke, unbegabte Reinigungskraft mit großem weiblichen Erzähltalent." Ich bin sicher, was die Putzerei angeht, würden mir einige Kolonnen die Tür einrennen, doch eine zweite Rosalie gibt es eben nicht. Das wusste auch meine Mutter, die mir mittwochs auf den Weg in die Stadt ihre Erkenntnis mitgab: „Die hat's auch nicht leicht! Wenn du wüsstest!" Was ich nicht wusste, ahnte ich, genau wie Rosalie mir beim Erzählen der Geschichte über den Richter merkwürdig lange in die Augen sah.

Frühstück im November

Mario Wirz

Du hast heute Nacht schon wieder im Schlaf geschrien. Schrecklich laut und dramatisch. Es wundert mich, dass die Nachbarn nicht die Polizei rufen. Jan gähnt und lächelt nachsichtig, aber seine Stimme klingt gereizt.

Ich weiß, dass Jan mich für hysterisch hält, und wahrscheinlich hat er sogar Recht, doch an diesem Sonntagmorgen haben die Gespenster keine Macht über das Zimmer.

Jetzt, in diesem Bett, an der Seite von Jan, schaue ich furchtlos auf das Novemberdunkel, das kläglich vor dem Fenster hockt, als müsste es dort ein Unglück brüten.

Weit entfernt in diesem Augenblick all die vielen Tage, an denen ich mich alt und wehrlos fühle. Jan muss nicht wissen, wie oft sein Gefährte jämmerlich auf ihrem Doppelbett herumliegt, nur noch eine Geisel der Angst, unfähig, sich zu rühren, bis die unheimlichen Trommelschläge unter seiner Brust ermüden und wieder in jenen Rhythmus fallen, den man als normal bezeichnet.

Auf die Gleichgültigkeit der Menschen ist Verlass, murmele ich und rutsche etwas näher zu Jan, der mich mit halbwacher Nachdenklichkeit betrachtet. Wieder einer deiner Alpträume? Kann mich nicht erinnern, lüge ich und wünsche mir, dass Jan mich umarmt. Seine warmen Hände. Der zerknitterte Pyjama. Der vertraute Geruch zweisamen Schlafes. Alles verspricht Sicherheit.

Gutmütig und harmlos, das sonntägliche Glockengetöse. Der imaginäre Gott lärmt beschwichtigend. Vielleicht auch nur klerikaler Hokuspokus. Jedem den Gott, den er braucht, um nicht verrückt zu werden.

Würdest du aufhören, wie ein Irrer zu rauchen und zu saufen, könnten wir beide ruhig schlafen. Ich lache leise, bis auch Jan widerwillig vor sich hin kichert.

Beide können wir den Refrain unserer Vorwürfe und Besorgnisse auswendig aufsagen. Alle Sätze und Imperative, mit denen wir uns seit zwanzig Jahren störrisch umkreisen: Fahr nicht so schnell! Zieh dich warm an! Hast du deine Pillen genommen? Du musst mehr Obst essen. Geh nicht so spät ins Bett!

Die Wiederholung der Wiederholung verzichtet auf jedes Augenzwinkern. Mit schwerfälligem Ernst vertreibt sie die Leichtigkeit. Beide wissen wir, dass wir den anderen zu oft mit dem Terror unserer Fürsorglichkeit bedrängen, unbelehrbar wie ein altes Ehepaar, das abwechselnd gegen die Bevormundungen meutert, um dann friedlich und vergesslich zu allen Verschrobenheiten zurückzukehren.

Glücklichmachende Unerträglichkeiten, denke ich manchmal, wenn Jan mich in der Öffentlichkeit väterlich tyrannisiert und sich nicht darum schert, was Fremde oder auch die Freunde von diesem seltsamen Paar halten.

Deine Fluppen sind keine Bonbons. Wie viele willst du heute noch rauchen?, schimpft Jan bei einem gemeinsamen Essen mit Freunden, und ich ärgere mich über die feixenden Gesichter.

Zehn Minuten später führe ich mich selbst auf wie ein despotischer Narr und will meinen Partner nötigen, sich die Jacke anzuziehen, weil jemand ein Fenster geöffnet hat. Hör auf, mich zu betütern, faucht Jan und ignoriert demonstrativ die Jacke, die ich vom Garderobenständer geholt habe. Selbst der servile Kellner grinst hämisch.

Eure Beziehung ist eine neurotische Zwangsverstrickung, lästert Sigrun, und ich widerspreche meiner besten Freundin nicht, die sich als überzeugter Single ab und zu einen potenten Mann gönnt, ohne sich an ihn zu binden.

Zweisamkeit ist schön, wenn sie Lust spendet, aber ich werde keinem Kerl erlauben, mich im Namen der Liebe in ein Gefängnis zu sperren. Jede Zweisamkeit ist nach dem Orgasmus nur noch ein Knast, doziert sie und fixiert Jan mit funkelnden Augen. Der hat sich entschieden, Humor zu beweisen, und applaudiert lachend.

Auch die anderen am Tisch klatschen, und Sigrun wendet sich nun mit gutem Appetit ihrem Thunfischsalat zu. Bravo, rufe ich und bestelle beim Kellner, der gerade vorbeihuscht, mein viertes Kristallweizen, was Jan mit einem resignierten Kopfschütteln kommentiert.

Immerhin zeigen wir, dass schwule Paare ein Recht auf jeden staatlichen Spießer-Bonus haben. Wir sind genauso komisch wie die Heten, sage ich mit leicht lallender Stimme und hebe mein Glas, um den anderen zuzuprosten.

Was ist denn jetzt schon wieder so lustig?, mault Jan und äugt misstrauisch. Ich glucks wohlig in mich hinein und wundere mich selbst über mein Glück. Wir sollten aufstehen, sagt Jan und umarmt seinen albernen Freund, bis beide ein Körper sind.

Leichtfüßig und beschwingt gehe ich durch den grauen Novembertrübsinn, als wäre es ein Frühlingsmorgen. Wohlwollend und kraftvoll erscheinen mir die dunklen Wolken und der eisige Wind. Ich fröstele, aber es ist eine gute Kälte, wach und alles bejahend. Mir ist, als grüßten mich die hell erleuchteten Fenster der Häuser vertraulich, als hätten auch sie den traurigen Schlaf der Nacht und alle Alpträume abgeschüttelt. Alles ist an seinem Platz.

Der gelbe Briefkasten, in den ich seit vielen Jahren frankierte Liebesbotschaften für Jan werfe, dem solche Überraschungen gefallen, auch wenn er sie verschämt als Verschwendung von Porto bezeichnet. Der irische Pub an der Ecke, wo wir manchmal unser letztes Bier trinken. Der Kiosk, bei dessem granteligen Pächter ich Zeitungen und meine Zigaretten kaufe. Die Reinigung. Der Supermarkt. Die Telefonzelle. Das französische Restaurant. Die Bäckerei. Der Blumenladen, in dem ich jede Woche viel Geld ausgebe, um die Wohnung für Jan und mich selbst festlich zu schmücken.

Auf der Schlossstraße erinnern die Sirenen mehrerer dicht aufeinander folgender Polizeiwagen daran, dass Hiob auch am Sonntag nicht ruht.

Der mit Glockengeläut um sich schlagende Gott ist so sterblich wie die Furchtsamen, die ihn erfunden haben. Allmächtig nur der große Jammer, den jeder mehr oder weniger tapfer erträgt; allgegenwärtig nur die Trostbedürftigkeit zwischen Himmel und Erde. Ich denke an Wolfram, der seit dem Tod von Detlev alleine in der 150-Quadratmeter-Wohnung lebt, in der sich nichts verändert hat und jedes Detail Tag für Tag die Abwesenheit seines Gefährten beweist, mit dem Wolfram dreiundzwanzig Jahre lang alles geteilt hat. Den störrischen Alltag und die Nächte, in denen manchmal der Höhenflug zu den Sternen gelingt. Der Absturz zu den Tatsachen ist auszuhalten, weil er gemeinsam geschieht, Seite an Seite, bis sich zweisam ein neuer Traum spinnt.

Stellt euch vor, mein braver Wolfram dreht durch. Er will irgendwo im tristen Osten eine Ruine kaufen, um sie dann mit Hilfe der Millionen, die er im Lotto gewinnen wird, in eine Nobelherberge zu verwandeln, sagt Detlev bei einem Spaziergang am Schlachtensee, und alle lachen, auch der gutmütige Traumtänzer Wolfram, der als Hausverwalter arbeitet und gerne vor den anderen das verkannte Finanzgenie spielt. Detlev und Wolfram. Jan und ich. Zwei Paare, die sich regelmäßig treffen, gebannt auf Zelluloid, die unbekümmerten Augenblicke ihrer Freundschaft.

Verstreut in etlichen Schachteln die Schnappschüsse, die ihre sonntäglichen Spaziergänge in Berlin dokumentieren. Nachmittage am Wannsee oder im Grunewald. Detlev mit Regenschirm vor dem Wolfsgehege im Zoo. Jan und Wolfram mit Sonnenbrille im Schlosspark von Charlottenburg.

Kühn lebt mein zierlicher Dichterfreund auf großem Fuß und ignoriert vornehm die überschaubaren Grenzen seiner Einkünfte, um sich teure Dinge zu kaufen, die er nicht braucht.

Gib zu, mein neues Sakko ist umwerfend edel, schwärmt er mit kindlicher Freude und genießt es, wenn ich alles wortreich bestaune und bewundere.

Ritualisiert sind unsere Spaziergänge und Unternehmungen, das gemeinsame Essen einmal im Monat, so wie die täglichen Anrufe zwischen Detlev und mir.

Die gemeinsame Krankengeschichte vertieft unsere Freundschaft.

Unerschöpflich ist das öde Repertoire der maladen Unsäglichkeiten, der jähen Müdigkeiten und diarrhoischen Attacken, der Fieberschübe und lästigen Übelkeiten. Stoisch kämpfen wir gegen die Nebenwirkungen all der vielen Pillen, die wir täglich schlucken.

Ich erwarte, dass uns der Bundespräsident bald eine Medaille für außergewöhnliches Heldentum verleiht, witzelt Detlev manchmal, wenn wir uns in der Schwerpunktpraxis unseres Arztes treffen. Wir müssen nicht ausführlich über unsere Befindlichkeiten lamentieren, um uns vom anderen verstanden zu fühlen.

Eine Andeutung reicht, ein Seufzer, eine Anspielung, und wir wissen Bescheid. Das unheimliche Virus, das seine Schatten auf alle Tage wirft, schafft zwischen uns eine solidarische und tröstliche Intimität, von der auch Jan und Wolfram profitieren, die oft überfordert sind von einem Elend, das sich der Mitteilbarkeit verweigert.

Natürlich verdienen auch unsere heldischen Partner eine Tapferkeitsmedaille, sagt Detlev und zwinkert mir zu.

Auch fünf Jahre nach dem Tod von Detlev ertrage ich es noch nicht, mir die Fotos anzuschauen. Kläglich kauere ich in meiner Sterblichkeit und fürchte mich.

Jeder Tag ist eine Androhung von möglichem Unheil. Mit meiner Angst, die mich seit fünf Jahren noch machtvoller beherrscht, terrorisiere ich Jan, der schon seine Sorgen um mich aushalten muss. Hör auf, herumzuwinseln und dich zu ducken, als erwartest du stündlich den nächsten Schicksalsschlag, schreit Jan wütend und stürmt davon, um zehn Minuten später zurückzukehren und mich stumm zu umarmen, bis wir uns beide gegenseitig auf die Schulter weinen.

Ich darf mich nicht so gehen lassen. In Zukunft werde ich alle mit Souveränität überraschen, beschließe ich, doch nur kurze Zeit gelingt es mir, mich zu verstellen und Gelassenheit vorzutäuschen. Kein Baum hat mich erschlagen. Auch kein böser Glatzkopf. Bis jetzt auch kein Herzinfarkt. Allenfalls erste Anzeichen eines sich allmählich ankündigenden Nervenzusammenbruchs, scherzt Jan grimmig, wenn ich ihn zum wiederholten Male innerhalb weniger Stunden auf seinem Handy anrufe.

Nicht immer erreiche ich Jan, der als Psychologe in einem Krankenhaus im Osten arbeitet. Eineinhalb Stunden von Berlin entfernt liegt die von Arbeitslosigkeit und Alkoholismus bedrängte Kleinstadt, in der Jan ein möbliertes Zimmer gemietet hat, weil er nach dem Dienst oft zu müde ist, um nach Hause zu fahren.

Meine Arbeit ist auch ohne deine Paranoia anstrengend genug. Mir reichen die Patienten auf meiner Station, sagt Jan, als ich ihm am Telefon einen Zeitungsartikel über Neonazis in den neuen Bundesländern vorlesen will. Ich weiß, dass ich mit meinen Ängsten unsere Beziehung gefährde, und immer wieder zwinge ich mich, auf einen Anruf zu verzichten, bis die Hand von selbst die mit Jans Nummer gespeicherte Taste drückt.

Zeit fürs Frühstück, murmele ich und kaufe sechs Schrippen bei unserem Bäcker, der auch sonntags bis 12 Uhr seinen Laden öffnet.

An einigen Fenstern funkelt bereits dreist die Weihnachtsdekoration, aufdringlich und dubios wie die nötigende Überpünktlichkeit der Schokoladenweihnachtsmänner, die in den Supermärkten schon im September geschäftstüchtig das Fest der Liebe androhen.

Wer für diesen Kitsch Geld ausgibt, dem ist nicht zu helfen, lästert Jan, wenn wir gemeinsam einkaufen, und ich heuchele Zustimmung, was Jan schnell durchschaut. Bist doch selbst so eine sentimentale Socke, sagt er und wirft schwungvoll eine Tüte mit Marzipankugeln in den Einkaufswagen.

Ich betrachte die glitzernden Engel und Weihnachtssterne, die mir an diesem Novembermorgen wie einfältige Beschwörungen erscheinen, abergläubische Beschwichtigungen, als könnten die Menschen hinter den Fenstern das Unglück mit Niedlichkeit abwehren.

Jeder kämpft auf seine Weise gegen die Gespenster, denke ich und spüre eine Aufwallung von Zuneigung für all die anderen, die jetzt vielleicht in ihren Zimmern beim Frühstück sitzen und über harmlose Dinge sprechen, für die es taugliche Worte gibt.

Guten Morgen, ihr Engel und Sterne, sage ich leise und beschleunige meinen Schritt. Gleich bin ich zu Hause.

Du

Christoph Klimke

Wir sitzen im L'Emir am Baseler Platz in Frankfurt am Main. Hund Pazza liegt unter dem Tisch, während die Kellner Gang für Gang arabische Spezialitäten auftischen. Wir erzählen uns unser Leben. Kindheit, Eltern, Geschwister, erste Liebe, Beruf, Reisen, Pläne. Träume. Es ist unser erster gemeinsamer Abend, den wir während der Theaterproben privat verbringen. Der Wein schmeckt und der kleine Schnaps zwischen jeder Leckerei tut sein Übriges, bis plötzlich der Restaurantchef vor unserem Tisch auftaucht und mit der Rechnung wedelt: „Ihr Taxi ist da!", sagt er in forschem Ton. Wir hatten keines bestellt, aber offensichtlich war unser Aufbruch überfällig.

Das ist bald siebzehn Jahre her und solche Abende haben wir unzählige erlebt. Ich habe dich Liebhaber, Narren, Engel, Täter und Opfer, Kranke, Neurotiker, alte und junge Männer, Wesen zwischen den Welten, Suchende, Verzweifelte, Glückliche oder Kinder spielen sehen. Und das Verblüffende, Banale und Wahre bleibt für mich: Du spielst sie nicht, du bist sie. Zu Hause voller Sehnsucht nach Eintracht, nach Frieden, einem Leben mit Tieren, die alle sich sowieso sofort in dich verlieben, auf dieser Insel fernab des Gerangels und Geredes, sind alle Narben gut verheilt. Doch auf der Bühne oder im Film brechen sie auf und alles wird sichtbar, was unter der untersten Haut liegt. Nie um drei Ecken herum gedacht oder tot geredet, sondern direkt, intuitiv und eben wahr. Das ist das kostbare Gut eines Gefährdeten. Letztlich schutzlos. Wahrscheinlich sind die Abgründe deshalb im Spiel, im öffentlichen Wort, in der Verwandlung gut aufgehoben.

In meinem Stück *Spiegelgrund* fürs Volkstheater Wien und *Amerika* für das Theater Bremen habe ich beim Schreiben an dich gedacht. Und natürlich die Liebe zu den Tieren und die Liebe der Tiere zu dir in Traumszenen sichtbar gemacht, wie einen Schatz in einem Bernstein.

„Ich hab mal einen toten Fuchs auf der Straße gesehen. Es war ganz heiß und der Asphalt dampfte. Der Fuchs lag auf der Seite, seine Augen waren geöffnet. Darauf saßen große Fliegen. Sein Fell war ganz rot. Er sah mich an, als wollte er etwas sagen. Ich bin ganz nah ran und hab etwas gehört. ‚Ja, Karl‘, hat er gesagt, ‚es gibt noch etwas Anderes, das ist nicht von dieser Welt!‘ Da hab ich ihn wieder angesehen und seine Augen waren geschlossen. Ich hab gedacht, ich spinn. Aber jetzt weiß ich, es ist wahr“, erzählst du als junger Flüchtling aus der Euthanasiestation und Tötungsanstalt „Spiegelgrund“ auf der Bühne in Wien. Als ich die Szene immer wieder auf den Proben sah, wusste ich, du spielst diese Rolle, aber seltsamerweise bist du nicht nur Karl, sondern auch der Fuchs, der das kann, was Menschen nicht können wollen.

Vor Jahren habe ich dich nach einer Operation auf der Intensivstation besucht. Du warst gerade aufgewacht, die Tränen rollten die Wangen herunter aufs Kissen und du hast Theatertexte memoriert. Es ging. Trotz Verletzung und Angst. Ich habe dich gefragt, was ich am Abend dir mitbringen soll.

„Lies mir das Märchen von den Bremer Stadtmusikanten vor."

„Klar, aber warum gerade diese Geschichte?"

„Die Tiere ziehen immer weiter mit dem Wunsch: Etwas Besseres als den Tod finden wir überall."

Wir ziehen auch immer weiter. Von Stück zu Stück. Theater zu Theater, von Reise zu Reise, doch unsere Insel, jenes unsichtbare Floß, auf dem nur wir und unsere Tiere Platz finden, reist mit.

Gabriel García Márquez lässt seinen Roman *Die Liebe in den Zeiten der Cholera* damit enden, dass das Liebespaar auf seinem Boot die gelbe Flagge hisst, um von den Dummheiten anderer verschont zu bleiben. Sicher, das Leben ist kein Roman und auch kein Theaterstück. Und doch können wir beide sehen und lieben, was nicht von dieser Welt ist.

„Bis Morgen!", verabschieden wir uns Nacht für Nacht optimistisch in unsere Träume. Da sind wir beide jeder für sich allein und begegnen Gestalten aus Vergangenheit und Zukunft, von denen wir am nächsten Tag nicht mehr genau wissen, wie sie aussahen, was sie uns sagen wollten und wie schrecklich schön sie waren. Die Unlogik der Träume lässt uns Nachrichten zukommen wie Gedichte. Sie verrätseln, um zu enträtseln. Etwas rätselhaft bleibt jeder sich selbst und dem anderen sowieso. Verunsichert sind wir einander gewogen, brauchen den anderen, und wenn unser Floß einmal Leck geschlagen ist, !eben wir es einfach wieder zu.

Happy

Christoph Klimke

Du lässt mich nie allein. Du bleibst immer bei mir, auch wenn
du vor oder hinter mir läufst am Landwehrkanal oder um den
Grunewaldsee herum. Am Strand siehst du aufs Meer, reckst
die feuchte Schnauze in die Luft und nimmst Witterung auf, wo
wir nichts sehen, nichts riechen außer Salzluft und Abgasen. Du
kannst Engel sehen und wer Engel sieht, ist wohl selber einer.

Dabei wollten wir nie einen Schäferhund haben. Nach dem
Tod von Pazza, dem vergnügtesten aller Mischlingsköter, be-
schlossen wir mit einer Freundin, die mit Blinden arbeitet, etwas
Gutes zu tun.

„Nehmt einen ausrangierten, pensionierten Blindenhund",
riet sie uns. „Die müssen im Alter von sechs, sieben Jahren ihren
Job quittieren und der Blinde bekommt einen neuen Hund."

„In Ordnung", waren wir uns gleich einig.

Kurze Zeit später rief unsere Freundin an. Wir könnten einen
Hund abholen, allerdings kein werdender Pensionist, kein in

Rente gehender Blindenhund, sondern ein ganz und gar unbegabter, junger Blindenhund. Happy, natürlich der schönste aller unbegabten Hunde, hatte einen nicht auszutreibenden Jagdtrieb und würde somit jeden Blinden vor den nächsten Omnibus zerren, wenn auf der anderen Straßenseite eine Katze gelassen heranschleicht. Den Blinden blieb dieses Schicksal erspart. Uns nicht.

Happy zerrte uns gut zehn Jahre fröhlich durch die Gegend. Sämtliche Hundeschulen und andere kostspielige Ausbildungen waren umsonst. Aber was soll's? Dafür hatten wir eine Freundin fürs Leben, einen wolfsähnlichen Engel, gefräßig, manchmal streitlustig, aber immer wieder sanft – zu uns zumindest. Bei Gastwirten, Köchen und Kellnern war sie beliebter als wir und bekam die feinsten Leckereien, die wir bezahlen durften. Der Hundeausführdienst holte sie im Sommer fünfmal die Woche ab und Happy vergnügte sich mit Leroy, ihrem rassigen Liebhaber, und anderen Tölen an einem der Badeseen Berlins, während wir in der stickigen Wohnung auf sie warteten, um das Abendessen für unseren Hund zuzubereiten. Kein schlechtes Leben also, haben wir oft gedacht und Hund wären wir auch gern bei uns.

Happy wusste aber immer, wie es uns geht. Waren wir fröhlich, wedelte sie uns an. Waren wir sauer, schaute sie erfolgreich einfach weg. Waren wir traurig, rückte sie mit ihrem warmen Körper ganz nah an uns heran und blinzelte uns zu. Und wenn wir heute völlig unsinnig ohne Hund spazieren gehen, dreht sich so mancher Vierbeiner nach uns um und denkt: Wie kann man nur so dumm sein? Doch dann lachen wir uns an und wissen, lange werden wir nicht allein bleiben. Denn wenn du am Himmel den Wolken folgst, nimmt dich gewiss ein neuer Engel in sein schönes Visier und kommt wie von selbst zu uns herab. Und verleiht uns Flügel.

Dionysos

Christoph Klimke

Ein Fabrikant lebt mit der Familie, mit Frau, Sohn, Tochter und dem Dienstmädchen in seiner Mailänder Villa. Ein Fremder kommt zu Besuch. Alle lassen sich durch seine Gegenwart verführen und haben Sex mit ihm. Der Fremde geht wortlos, wie er gekommen ist, und alle können nicht mehr so leben wie bisher. Die Mutter macht sich in Mailand auf die Suche nach Jungen, die dem Gast ähneln. Die Tochter verkrampft sich und kommt in die Psychiatrie. Der Sohn nimmt sich eine eigene Wohnung und macht Kunst. Das Dienstmädchen kehrt aufs Land zurück und wird eine Heilige. Der Vater verschenkt seine Fabrik an die Arbeiter, zieht sich auf dem Hauptbahnhof aus und geht nackt in die Wüste.

Pier Paolo Pasolini hat diesen Film *Teorema* 1968 gedreht. 1996/97 soll ich für das Choreographische Theater von Johann Kresnik an der Volksbühne Berlin ein Libretto dazu schreiben. Dieses Gastmahl der Liebe wird unsere erste Zusammenarbeit.

Seitdem arbeiten wir als Team auch im Schauspiel und in der Oper.

Sommer 2005 in Wien. Wir proben mein Stück *Spiegelgrund* am Volkstheater. Es ist ein heißer Sommer, die Stadt dampft aus allen Asphaltporen, aus den Kneipen, Biergärten und Probebühnen. *Spiegelgrund* ist der Ort und Name einer unheiligen Geschichte. Hier in der Klinik am Spiegelgrund wurden im zweiten Weltkrieg Hunderte von geistig behinderten und „asozialen" Kindern umgebracht. Der Befehl kam aus der Tiergartenstraße 4; „t4" wurde das Euthanasieprogramm genannt. Der Leiter der Klinik am Spiegelgrund, Dr. Heinrich Gross, ließ den Kindern die Gehirne entnehmen und schrieb schon vor ihrer Ermordung den „Wunschzettel", wie denn die Kinder post mortem für die Wissenschaft, Forschung und Pharmaindustrie auszuschlachten seien. Dr. Gross machte gleich nach dem Krieg erneut Karriere und aus dem Nationalsozialist wurde ein Sozialist. Er wurde wieder Klinikchef an der Baumgartner Höhe, erhielt sämtliche Preise und Auszeichnungen Österreichs und wurde einer der führenden Gutachter vor Gericht für Misshandlungen an Kindern und Jugendlichen.

In Vorbereitung zu *Spiegelgrund* lerne ich Friedrich Zawrel kennen, der als Kind dort war und fliehen konnte. Zawrel erzählt mir in seiner kleinen Sozialwohnung sein Leben. Wie er gesehen hat, wie morgens die Kinderleichen in Müllsäcken abtransportiert wurden, wie er misshandelt wurde, welche grausamen Tötungsarten diese Nazis erfunden hatten. Nach dem Krieg verfolgt Zawrel den Wiederaufstieg des Dr. Heinrich Gross. Er, Friedrich Zawrel, lebt von Gelegenheitsarbeiten und kommt 1975 wegen einer Bagatelle vor Gericht. Ihm gegenüber der Gutachter Dr. Gross. Zawrel erkennt den Massenmörder, der bis in die achtziger Jahre hinein an den Gehirnen seiner Opfer weiter herumdokterte. Gross erkennt den inzwischen über Fünfzigjährigen nicht. Als Zawrel erzählt, dass er als Kind auf dem *Spiegelgrund* war, nimmt ihn der ehrenwerte Gutachter zur Seite: „Du bist immer auf der falschen Seite gestanden, steh jetzt einmal in deinem Leben auf der richtigen Seite und ich kann dir helfen." Daraufhin verspricht der verängstigte Zawrel zu schweigen. Dr. Gross unterschreibt sein Gutachten, dem das österreichische Gericht selbstverständlich folgt, und der Angeklagte soll lebenslang hinter Gitter. Erst 1982 kommt Friedrich Zawrel durch die Ärzte der „Kritischen Medizin" wieder frei.

Eine solche Geschichte kann man nicht erfinden. Ich schreibe mein Stück aus der Perspektive des Friedrich Zawrel. Mein Freund Andreas Seifert spielt dessen Leben von der Kindheit bis ins Alter hinein. Wir proben den Wiener Sommer hindurch und Friedrich Zawrel kommt regelmäßig zu uns. Am Abend sitzen wir beim Heurigen und essen und trinken kräftig. Dieses Stück macht wirklich Sinn, da die Geschichte bis in die Gegenwart hineinreicht. Und Hans Kresnik inszeniert keinen Realismus, sondern setzt den Leidensweg der Kinder wider dessen Vergessen in poetische Bilder um.

Den Opfern eine Stimme verleihen. Pasolini hat dies vor allem mit seinem bis heute unglaublichen Film *Salò – oder die 120 Tage von Sodom* getan. Aber auch in *Teorema* zeigt er, wie in einem psychologischen Kammerspiel, die Opfer, die in einem Gefängnis der Wünsche leben. Sie brechen – Dionysos sei Dank – aus und jeder geht seinen eigenen Weg. Und auch die Protagonisten der Theaterstücke von Federico García Lorca sind Gefangene. Über sein Leben und Werk habe ich meinen Essay *Federico García Lorca. Honig ist süßer als Blut* verfasst. Lorca und Pasolini wurden ermordet.

Ich war an der Stelle nahe Rom am Meer, wo der unbequeme Pier Paolo Pasolini 1975 quasi hingerichtet, mit dem eigenen Auto mehrfach überfahren wurde. Und ich war an der Stelle in Andalusien, wo faschistische Schergen 1936 Federico García Lorca im Auftrag von ganz oben erschossen haben. Die Täter sind nie zur Rechenschaft gezogen worden. Auch Dr. Gross wurde nicht verurteilt. Im Gerichtssaal sagte der alte Mann aus, er habe „alles gehört, aber nichts verstanden". Das gilt wohl auch für sein Land. Der Gutachter ließ sich dann für „nicht zurechnungsfähig", also nicht schuldfähig, begutachten.

Die Opfer vom *Spiegelgrund* blieben zunächst anonym. Sie wurden einfach verschwiegen. Und ein ganzes Land hörte dem Schweigen zu. Einige wenige hatten den Mut und das Glück, aus der Klinik zu fliehen. Friedrich Zawrel ist von seinem Schicksal gezeichnet. Aber für mich vollkommen verblüffend ist seine Liebe zum Leben. Seine Freundlichkeit, die völlige Abwesenheit von Gedanken an Hass und Rache. Heute geht er in die Schulen und politische Einrichtungen, um als einer der letzten Zeitzeugen zu berichten. Er verkörpert die Schicksale der Kinder vom *Spiegelgrund* und er, der nun wirklich im Gegensatz zu Dr. Gross ein armer Mann geblieben ist, ist einer der großzügigsten Menschen, die ich kenne. Andreas, der im Volkstheater diese Rolle spielt und verkörpert, ist Zawrel ähnlich. Natürlich nicht vom Äußeren, aber beide verbindet dieses Immer-weiter-Machen, das Aufbegehren, das Bewahren einer Kindlichkeit, die weiß, dass es noch etwas anderes gibt auf dieser Welt als die Hölle.

Nach der Uraufführung im September 2005 bleiben Andreas, Hans und ich mit Friedrich Zawrel in Kontakt. Wir treffen uns immer wieder und er weiß weitere unglaubliche Details aus jener Zeit zu erzählen. Aber er spricht auch von den Demütigungen heute. Und dass Friedrich Zawrel, über dessen Leben es schon vor unserer Arbeit Filme und Bücher gab, so angerührt wurde von diesem Theaterstück, zeigt, wie unmittelbar Theater sein kann. Für mich bedeutet die Zustimmung Friedrich Zawrels das Beste, was mir in meinem Künstlerleben bislang geschehen ist.

Doch ohne die Bildregie von Hans Kresnik wäre auch dieses Stück nicht entstanden. Er ist der unmittelbarste aller Regisseure. Die einen nennen ihn „Berserker", die anderen wissen um seine Liebe zu den Themen, die er umsetzt, und zu den Darstellern und Mitarbeitern, mit denen er probt. Seine Fantasie ist unendlich wie seine Freundschaft, wenn man sie gewonnen hat.

Ich erinnere mich, wie wir einmal in Mexiko am Strand nördlich von Acapulco Obstsalat gegessen haben: „*Happy Hour*" nennen das die Gastronomen. Wir kamen in unsere Stammkneipe, dort dudelte amerikanische Musik. Hans trug seine Plastiktüte voller Musikkassetten mit sich und die kleinen, kompakten Kellner erschraken immer, wenn sie uns sahen. Sie eilten zum Kassettenrekorder, rissen die Bänder heraus und legten die mexikanische Musik ein, die Hans Kresnik mitbrachte. Dann staunten sie mit großen Augen, wie dieser Mann aus den österreichischen Bergen zunächst eine rohe Zwiebel verspeiste und dann mit mir Obstsalat bestellte. Frische Früchte mit viel Tequila. Die Nächte waren unendlich lang. Wir redeten über Politik, Kunst, Täter und Opfer und die verborgenen Wurzeln, die es zu entdecken gibt.

So ist jeder Künstler ein Dionysos wie jener Gast in Pasolinis Film *Teorema*. Und wer hat schon etwas dagegen, von dem schönsten aller Götter Besuch zu bekommen!

Seltsam bleibt unsere Fähigkeit, das Schlimmste in Gelächter zu kehren. Und tatsächlich scheue ich mich nicht zu sagen, unsere Proben zu *Spiegelgrund* haben Spaß gemacht. Wir lachten mit den Schauspielern und Kresnik ist sowieso ein Mann des großen Humors. Vielleicht ist das die Fähigkeit des Menschen, trotz alledem oder gerade deswegen sich am eigenen Schopf aus den selbst geschaffenen Sümpfen zu ziehen. Wie man selbst dabei aussieht, ist eine andere Frage oder sowieso egal angesichts der Nie-Wahrgenommenen. Manchmal kann einem auch kein Dionysos mehr helfen. Und manchmal sollte man selbst einer sein.

Unsere Insel

Mario Wirz

Die weiße Stille dieses Wintertages. Leuchtend und magisch. Lichtjahre entfernt scheint Berlin, unsere Stadt, die wir im schläfrigen Dunkel des frühen Morgens hinter uns gelassen haben. Jetzt sind wir im Reich der Eiskönigin, murmelst du und schaust auf die gefrorene See. Erschöpft von vier Stunden Autofahrt und hellwach vor Freude.

Alles funkelt und glitzert unter der Wintersonne. Der Schnee auf den Dächern der Ferienhäuser. Der Schnee auf dem Winterschlaf der Segeljachten. In Erwartung des Frühlings träumen die aufgebockten Boote an Land vom Meer. Auch mein Skipper träumt.

Vor seinen Augen verwandelt sich der rügische Bodden in den pazifischen Ozean.

Ein Albatros lässt sich auf dem Mast unserer hochseetauglichen Segeljacht nieder, die mein kühner Captain sicher durch jeden Sturm navigiert.

Die Eiskönigin der Marina Lauterbach auf Rügen wird eifersüchtig. Gereizt pfeift sie einen frostigen Wind herbei. Wir kümmern uns nicht darum. Auch die Schwäne auf dem Eis trotzen der Kälte mit Anmut. Da drüben ist die Insel Vilm. Die werden wir im Sommer umsegeln, sagst du und drückst meine Hand, als müsstest du deinen ängstlichen Vorschotmann präventiv beschwichtigen. An deiner Seite hat sich der furchtsame Dichter aus dem Elfenbeinturm in einen mutigen Seemann verwandelt. Überallhin werde ich dir folgen. In jeden Sturm. In jede Flaute. Die Wintersonne legt behutsam Glanz auf diesen Augenblick unserer Geschichte, die vor zwanzig Jahren begonnen hat. Der Abdruck unserer Reisetaschen und Proviantüten im Schnee. Du hast wieder viel zu viel eingepackt. Das ist keine sechswöchige Expedition im Urwald, sondern nur ein Wochenende an der Ostsee, sagst du und lächelst lästerlich. Wir wissen beide, dass dein heldischer Vorschotmann auch ein tyrannisches Hausmütterchen ist.

Bist du glücklich?

Der Himmel über uns, eine schimmernde Eisfläche, auf der ein Engel Schlittschuh fährt.

Eine Wendeltreppe führt ins Büro der Marina Lauterbach, die an diesem Morgen weiß und verwunschen vor sich hin träumt. Kai, zuständig für die Gäste, hockt langhaarig und etwas einsam hinter seinem Computer. Silvester waren alle Ferienhäuser besetzt, sagt er und sucht unsere Namen im PC.

Rügen ist eine tolle Insel. Das spricht sich langsam herum. Auch bei den Berlinern. Früher kannten die nur Sylt. Jetzt entdecken sie die Ostsee. Jedes Jahr kommen mehr. Nicht nur aus Berlin. Bayern. Schweizer. Alle wollen sie auf die Insel im Osten. In der Hauptsaison ist hier der Teufel los. Waren Sie schon mal auf Rügen? Ist auch ein großartiges Segelrevier. Das sagen alle. Kai lächelt sanft und spricht schnell. Seine schmalen Hände flattern aufgeregt in dem überheizten Büro. Haus Möwe. Nummer 2. Wenn Sie Fragen haben, wenden Sie sich bitte an mich, sagt er, fast flehend, und überreicht dir den Schlüssel. Der Himmel über uns, weiß und wohlwollend. Wir tragen die Taschen und Tüten in unser Häuschen. Die Möwe, die ein Künstler an die Tür gemalt hat, beflügelt den Tag. Jedes Haus hat sein eigenes Wappen. Seeadler. Hering. Kranich. Forelle. Kormoran.

Auch die Schwäne auf dem Eis sind ein Bild.

Ein winziges Schlafzimmer. Ein Puppenstubenklo mit Dusche und Bullauge. Ein kleines Wohnzimmer mit Kochnische. Alles zu zierlich und zu eng für zwei große Männer mit Übergewicht, doch unsere Freude schafft den Raum, in dem wir uns einrichten.

Wir sehen nur die Terrasse und das im weißen Winterlicht funkelnde Eis auf dem Bodden.

Das ist die Schmuckschatulle der Eiskönigin, sage ich und umarme dich stürmisch.

Mit neuer Zuversicht grüßen uns die Tage. Ich fülle die Thermoskanne mit Kaffee und wickele die belegten Brötchen in Alufolie, damit sie länger frisch bleiben.

Jedes zweite Wochenende fahren wir auf unsere Insel. Mit dem Auto über den Rügendamm, dessen Staus erst in der Hauptsaison zum Alptraum für Ungeduldige werden. Mit dem Zug, morgens um 7.49 Uhr, vom Bahnhof Zoo bis Bergen, und von dort aus mit einer gemütlichen Bummelbahn direkt bis zur Mole Lauterbach. Rechts der Stadthafen und links der Jachthafen unserer Marina. Nur wenige Schritte, und wir landen mit unseren schweren Rucksäcken in unserem Ostsee-Domizil.

Bald werden wir Sirius, unser gelbes Segelboot, auf die Insel trailern und mit Hilfe des Hafenmeisters und eines wuchtigen Krans zu Wasser lassen. Sirius wird die Insel lieben, schwärmt mein Skipper kühn. Ich verschweige angesichts seiner leuchtenden blauen Augen meine Sorge, dass sich unsere binnenseeerfahrene alte Lady vom Temperament der Ostsee-Wellen überfordert fühlen könnte. Sirius ist absolut küstenseetauglich, brummt Captain Blauauge, der die Gedanken seines Vorschotmannes lesen kann.

Ob wir mit dem Zug auf die Insel rollen oder mit dem Auto, jedes Mal nimmt die Landschaft in unseren Augen eine neue Gestalt an. Der Wald. Die Felder. Die Wiesen. Die Alleen. Alles verwandelt sich. So viele Nuancen von Grün und Braun, dazwischen ein keckes Gelb und Blau. Noch blüht alles scheu und zögerlich, als wäre das Fest der Farben nicht längst beschlossen. Es ist Frühling.

Die schwimmenden Ferienhäuser der Marina Lauterbach erinnern an den Charme skandinavischer Hütten. Fest vertäut am Steg, der über das Wasser führt, wirken sie verlässlich und gleichzeitig übermütig und unberechenbar, als könnten sie sich im nächsten Augenblick von ihren Ketten losreißen. Der Boden unter den Füßen der Gäste verschwimmt in seltsamen Träumen. Was murmeln die Nixen von Rügen? Warum ist das Schweigen der Fische so schwatzhaft? Was gluckst und plappert so trunken unter dem Vollmond? Nachts, wenn die Gäste schlafen, treiben die schwimmenden Häuser vielleicht hinaus aufs offene Meer, um morgens wieder brav an ihren Platz zurückzukehren.

Die ersten Boote mit Segelohren auf dem Bodden. Aufgeregt kreischen die Möwen. Die Haubentaucher. Die Blesshühner. Die Erpel und Enten. Die Schwäne. Die Wildgänse.

Ein vom Frühling aufgewühlter Lärm weckt auch den letzten Igel aus seinem Winterschlaf. Trunken fliegt eine Blaumeise auf. Selbst einige Quallen treiben im Vollrausch an unserem Häuschen vorbei. Das Lied der Amsel klingt beschwipst. Die Spinnen verheddern sich verwirrt in ihren Netzen. Schmetterlinge gaukeln erheitert durch den Tag. Unter dem blauen Himmel bleibt nichts nüchtern. Du hast die Seekarten über dem Terrassentisch ausgebreitet und studierst das Revier. Kommenden Tagen hisst du die Segel. Wie jung und unbeschwert du in diesem Augenblick wirkst.

In Baabe könnten wir mit Sirius anlegen. Auch in Seedorf, murmelst du und schaust mich an. Warum klopft mein altes Herz so närrisch?

Verspielt schnappen die Wellen nach Sirius. Unser erster Törn auf dem Bodden. Der Wind meint es gut mit uns. Zügelt sein ungestümes Wesen, damit sich Sirius nicht fürchtet.

Inmitten der großen Segeljachten wirkt unsere Kleine verletzbar. Wir sind mit ihr auf dem heimischen Wannsee gesegelt. Auf dem Müggelsee. Auf der Müritz. Auf dem Ijsselmeer in Holland. Unsere betagte Lady ist abenteuerlustig. Sie verjüngt sich mit jeder Seemeile. Bei Windstärken 2 bis 3 tanzt sie vergnügt mit den Wellen, die sie umbuhlen. Mein Skipper sitzt an der Pinne und achtet auf die Reusen der Fischer. Boote sind nicht der Fang, den sie sich wünschen. Segler von Backbord, einkommend!, rufe ich laut und bin stolz, dass ich inzwischen Backbord und Steuerbord unterscheiden kann. Captain Blauauge ändert leicht den Kurs.

Wir müssen ausweichen. Noch immer kann ich nicht schnell genug beurteilen, welches Boot wann und warum ein anderes Boot zur Kursänderung zwingen kann. Berufsschifffahrt hat immer Vorfahrt. Das wenigstens habe ich begriffen. Ein dickes Schiff mit Touristen wuchtet sich träge und etwas gelangweilt durch das Wasser. Einige Kinder lachen und winken uns zu.

Du und ich in einem Boot. Skipper und Vorschotmann. Zwei alte Seebären.

So viele Katastrophen haben wir beide in diesen zwanzig Jahren überstanden, manche gemeinsam, einige jeder für sich allein, aber immer noch sind wir zusammen. Zweisam tragen wir die Schatten, die sich seit meinem HIV-positiv-Befund auf unsere Jahre legen.

Du und ich. Ein verlässliches Team. Eine gute Mannschaft. Eine starke Crew. Der Wind soll sich noch lange auf die Seite unserer Geschichte drehen.

Wir haben uns in eine Insel verliebt.

Segelnd, radelnd, wandernd entdecken wir Rügen. Putbus, die weiße Stadt des Ostens, nicht weit von Lauterbach entfernt. „Europas letzte planmäßig gebaute Residenzstadt", notiert der Merian-Reiseführer. Die ehrgeizigen Träume von Fürst Wilhelm Malte zu Putbus lassen sich jetzt von den Touristen besichtigen. Mit unseren Rädern umkreisen wir staunend den Circus, die „Torte aus Stein und Stuck". Die kleine Eisdiele daneben und große, bunte Eisbecher, die wir uns gönnen, zwei unbekümmerte Berliner im Kalorienrausch. Der Schlosspark mit den Fechterskulpturen am Eingang, die im Erdbeereis-Licht dieses Tages alle Gespenster vertreiben. Die Orangerie. Das Puppenmuseum. Die weißen Häuser wirken bleich und erschöpft von den Jahren.

Viele graue Fassaden. Im sozialistischen Realismus gingen die fürstlichen Visionen unter.

Nicht alle. Nicht überall siegt die Tristesse. Vor den Türen der Häuser blühen Rosen, als ginge sie diese Geschichte nichts an. Ich summe einen alten Knef-Song. Du singst den Refrain. Flirrendes Frühlingslicht. Leuchtende Landschaft. Gierig nährt sich unser Glück von diesen hellen Tagen.

Von Lauterbach aus radeln wir am Badehaus Goor vorbei, einst prunkvoll, versteckt es sich nun grau und von der Zeit ramponiert hinter den Bäumen. Es wird auf der Insel gemunkelt, dass Investoren die ehemalige Luxusstätte zu neuer, profitabler Pracht sanieren wollen. Wir biken durch den Wald, hinauf, hinab und wieder hinauf, ächzend und pfeifend, sechs Kilometer bis Groß Strelow, sechs Kilometer bis zur ersten Kaffeepause am Kiosk von Helga.

Wald und Wasser. Grün und Blau. Unter uns die im Sonnenlicht schwelgende See, über uns der sich in hemmungsloser Bläue ausbreitende Himmel. Die Erde. Die Bäume. Die Blumen. Gras und Moos. Alles duftet überschwänglich und wild drauflos, alles durcheinander.

Guter Wind. Ist heute ein richtiges Segelwetter, sagst du und seufzt vernehmlich.

Ich weiß, dass du nur meinetwegen in diesen Tagen auch andere Möglichkeiten der Fortbewegung akzeptierst. Am liebsten wärest du rund um die Uhr mit Sirius unterwegs.

Wolken und Wind und Wellen. Auf dem Boot leben und schlafen. Ab und zu in einem Hafen anlegen und dann weitersegeln. Meer und Möwen. In irgendeiner Bucht den Anker werfen und ein Süppchen kochen. Auf dem kleinen Gaskocher lassen sich sogar anspruchsvollere Mahlzeiten zubereiten. Wir können in unserer Koje übernachten, doch wir wissen beide, dass sie zu eng ist für zwei aus der Form geratene Seemänner.

Sollte ich eines Tages einen Bestseller schreiben, werde ich dir eine zwölf Meter lange, hochseetaugliche Segeljacht schenken. Und einen schnuckeligen Matrosen dazu, der Captain Blauauge auch die heimlichsten Wünsche erfüllt. Dein ältlicher Vorschoter ist dir treu ergeben, aber er ist auch heikel und zimperlich. Ein bisschen verschroben und schwierig. Seine Trombosenbeinchen, die Platz und Bewegung brauchen. Seine unerquickliche Befindlichkeitsoperette mit all den Lamento-Arien, die seit vielen Jahren *en suite* aufgeführt wird. Der repressive Terror der Maladie. Meinetwegen buchst du eine bequeme Unterkunft. Unsere Törns sind aufregend, doch nach fünf bis sechs Stunden sehne ich mich nach Land unter meinen Füßen.

Das flammende Rot der Mohnblumen zündet diesen Sommer an. Ihre lodernde Schönheit ist ein verletzliches Feuer, das für kurze Zeit die ganze Insel in Besitz nimmt.

Die Kronblätter des Klatschmohns fallen meist innerhalb eines Tages ab, doch jetzt verschwendet er sich unter der Sonne und lebt. Üppig wächst überall der Raps. Die wogenden Rapsfelder sind ein überschäumendes gelbes Meer, das erst später als Öl in Flaschen gegossen wird. Für die Bauern auf Rügen ist die Ölpflanze ein kostbarer Schatz, aber jetzt blüht alles festlich und feiert den Sommer. Die blaue Kornblume. Der Löwenzahn. Der rote Fingerhut. Die Tollkirsche. Margeriten und Gänseblümchen. Die wilde Malve. Der Wiesensauerampfer. Die Kartäusernelke. Die weiße Seerose. Die Wasserschwertlilie. Der Hopfenklee. Der Bärenklau. Der Waldstorchschnabel. Der kriechende Hahnenfuß.

Wir wandern durch die Landschaft und wetteifern kindisch mit unseren botanischen Kenntnissen, die wir dreist behaupten, darauf vertrauend, dass der andere noch weniger weiß. Schadenfrohes Gelächter vor der Gewöhnlichen Pechnelke. Grimassen mit Gänsehaut vor dem Blutweiderich. Hand in Hand laufen wir über die Wiesen und widmen uns Blumen, deren Namen wir erfinden. Die Seebärendistel. Das Skipperveilchen. Die Vorschoterdotterblume. Das Captain-Blauauge-Kraut. Es ist Sommer. Es ist Urlaub.

Wir sind drei Wochen auf unserer Insel.

Ich lasse mein widerspenstiges Manuskript und die störrischen Musen in Berlin. Die Angst vor dem weißen Blatt. Das klägliche Warten auf die richtigen Worte.

Die Schreibblockaden und den trüben Frust. Ich vergesse den eitlen Literaturzirkus und seine Papiertiger. Das Gelächter der Möwen über jedem Größenwahn. Es ist Sommer.

Es ist Urlaub. Du schüttelst deinen Psychologenalltag ab und alle Fallgeschichten und Bedrängnisse. Drei Wochen lang bist du nicht verfügbar für die Süchtigen und Essgestörten. Die Verwirrten und Depressiven. Die Maniker und Phobiker. Die Lebensmüden und von ihrem biografischen Gepäck Beladenen. Auf deinen Schultern trägst du nur das Leichtgewicht dieser blauen Tage. Drei Wochen lang tun wir so, als gäbe es keinen Schmerz unter der Sonne. Keine Angst und keine Verzweiflung.

Auf Rügen gibt es viele Alkis. Jeder Zweite ist arbeitslos oder Sozialhilfeempfänger.

Habt ihr die Kreuze an den Straßen gesehen? Fahren alle im Suff gegen den Baum, sagt Kai, mit dem wir uns inzwischen duzen. Immer noch hockt er etwas verloren vor seinem PC und flattert mit den Händen. Acht Tage bewohnen wir ein schwimmendes Häuschen, das nachts unsere Träume auf das offene Meer hinaustreibt. Danach ziehen wir um in eines der preisgünstigeren und auch geräumigeren Apartments am Eingang der Marina. Gleich daneben das Restaurant Kormoran mit dem scheuen Kellner aus Sassnitz, bei dem wir fast immer Brateringe bestellen. Die Namen der Dörfer und Orte klingen wie Beschwichtigungen. Tröstliche Oasen in einer anderen Welt. Geschichten aus einer anderen Zeit. Alt Reddevitz. Bietegast. Dornbusch. Engelswacht. Fernlüttkevitz. Gänsewerder. Hühnerberg. Juliusruh. Kap Arkona. Lohme. Mönchgut. Nonnensee. Poppelvitz. Ralswiek. Stubbenhörn. Tromper Wiek. Ummanz. Vilm. Wreechen. Zittvitz.

Wir schwelgen im Insel-Alphabet der Tage. Harmlosigkeit und „heile Welt".

Der Alkoholismus der Rüganer verflüchtigt sich im Urlaubs-
rausch der Touristen.

Armut verschwindet hinter Anmut. Im Glanz der skrupellosen
Sonne blenden wir die vielen Kreuze am Rand der Straßen aus.
Vergnügungssüchtig verfallen wir den Lügen der Lieblichkeit.
Wir treiben uns auf der festlichen Oberfläche dieses Sommers
herum und sehen nur, was uns begeistert. Wie viele Sehens-
würdigkeiten hat die Woche?

Der Nationalpark von Jasmund. Der im Sonnenlicht schnee-
weiß schimmernde Königsstuhl in 117 Meter Höhe und der von
vielen Augen geteilte Blick auf die Kreideküste. Motiv der Maler seit zweihundert Jahren. Natürlich sind die Kreidefelsen in
Wirklichkeit nicht so geheimnisvoll und schön wie auf den Bildern von Caspar David Friedrich.

Die Viktoriasicht. Die zwei Leuchttürme am Kap Arkona. Die
Seebrücke von Binz. Die Seebrücke von Sellin.

Unerträglich, diese Touristenmeute, murmelst du erschöpft.
Auch ich bin benommen von der Hitze des Tages und der unaus-
weichlichen Gegenwart der vielen Urlauber.

Ich verzichte auf den Hinweis, dass auch wir beide mit unseren Sonnenbrillen und Basecaps in den Augen der anderen wie
zwei komische Touristen aussehen.

Was feixt du so anzüglich?, fragst du und wischst dir mit der
Hand den Schweiß von der Stirn. Lass uns für heute den Stein
vor die Höhle rollen, sage ich und denke an die Sektflaschen im
Kühlschrank.

Unser zweisamer Schlaf. Du und ich. Ein großer, warmer Körper,
vieräugig und vierhändig, hundertachtzig Kilo schwer, stark und
schützend, verwundbar und hinfällig, aber jetzt unbesiegbar, zu-
sammengerollt und gläubig, dass die Sterne es noch lange gut
mit uns meinen. Ich bete heimlich zu meinem Kindergott. Ein

dickes, sicheres Bärenfell wächst allnächtlich über jede Dünn-
häutigkeit. Wächst über die Narben und Wunden dieser Jahre.
Glücklicher Höhlenschlaf. Kein Unheil wird uns finden. Keine
Angst.

Dein Atem an meiner Seite. An keinem Alptraum wird der
Schlaf dieser Nacht kentern.

Du und ich in einem Boot. Das treibt uns hinaus in die Zeit.
Immer wieder hinein in unsere Geschichte.

Erschöpft vom Radau der Touristen verschwindet der Sommer
von der Insel. Die Musiker der Kurpromenade in Binz packen
ihre Instrumente ein. Auch in Göhren und Sellin wird es still.
Der Herbst vertreibt die schamlosen Exhibitionisten der Strän-
de. Zu lange ertrug die Sonne auch dieses Jahr schaukelnde
Fleischmassen und expandierendes Fett über grotesk-kurzen
Badehosen. Wogende Bäuche und Brüste, wabbernde Wülste
und Wampen, unverhüllt und sich dreist jeder Himmelsrichtung
zumutend. Ein sommerliches Horror-Szenarium für Satiriker
und Comiczeichner. Manchmal stieg ein junger, nackter Gott
aus dem Meer, der kein Gebet erhörte. Apoll surfte auf den Wellen. Adonis schwamm mit Eros. Ganymed ließ einen Drachen
steigen. Amor lag erwartungsvoll auf seinem großen Handtuch.
Wann haben wir beide im Strandkorb gesessen und begehrliche
Blicke auf die Ball spielende Jugend geworfen? Der Sommer ist
vorbei.

Es ist Herbst. Unser dreiwöchiger Urlaub auf der Insel liegt verstreut in einem Fotokarton. Lauter Schnappschüsse, die wir uns
wahrscheinlich erst im Altenheim anschauen werden.

Jetzt fahren wir wieder jedes zweite Wochenende nach Rügen. Wir
besuchen Boris in Schweikvitz und bestaunen sein schönes reet-
gedecktes Haus. Sein Pferd Lucy, das sich vorurteilslos mit einem

Schaf angefreundet hat. Die Katze, die Tüte heißt, weil sie den Geruch von Joints mag. Der große Garten mit den Sonnenblumen und den möblierten, bunt angestrichenen Bauwagen, in denen Gäste und Freunde übernachten. Die kleine Holzbank vor dem Haus. Eine poetische Landschaft, die Boris mit wenig Geld und viel Fantasie geschaffen hat. Vor fünf Jahren hat Boris Berlin verlassen und ist auf die Insel gezogen. Schweikvitz, eine Ansammlung baufälliger, alter Häuser, die von den Bewohnern gemeinsam saniert und renoviert werden.

Lothar, der schweigsame Riese. Aussteiger und Philosoph. Roger, Fotograf aus Marseille, der schon einen Bildband über Rügen veröffentlicht hat. Seine Kunstpostkarten verkauft er in der Hochsaison auf der Kurpromenade von Binz an die Touristen. Boris, Schriftsteller und Bauer. Romantiker und Lebenskünstler. Mit Gelegenheitsjobs zaubert er sich und seine animalische Familie durch die Monate. Lucy und eine Kutsche sollen die Urlauber künftig zu Ausflugsfahrten über die Insel animieren. Anne, die auf dem Käsemarkt in Gingst arbeitet. Joe, der sich als Segellehrer in der Marina Lauterbach seinen Unterhalt verdient.

Schweikvitz, das ist das Worpswede des Ostens. Die reinste Künstlerkolonie. Landkommune und experimentelle Lebensform. Jetzt fehlen nur noch ein Poet und ein Psychologe, sagt Boris und lacht. Und die Männer? Der Sex? *L'amour?* Das alles?, frage ich und streichele Tüte, die nachdenklich schnurrt. Für so was habe ich gar keine Zeit. Ich bin mit dem Haus verheiratet. Nächstes Jahr will ich das Dachgeschoss ausbauen, sagt Boris und zeigt stolz die Schwielen an seinen Händen.

Die Eiskönigin von Rügen ist aus ihrem Schlaf erwacht. Sie probt Kälte und Sturm.

Noch ist das Bühnenbild des Winters nicht vollkommen. Unter den Schutzplanen zittern die Boote und träumen vom Schnee, der bald fallen wird. Der Hafenmeister hat Sirius an diesem Vormittag aus dem Wasser gekrant. Wir trailern unser Boot nicht zurück nach Berlin. Unsere kesse Lady bleibt auf der Insel. Nächsten Sommer segeln wir bis Hiddensee, sagst du und blickst verliebt auf Sirius, die sich jetzt in der Bootshalle der Marina auf ihren Winterschlaf vorbereitet. Captain Blauauge kann sich auf seinen Vorschotmann verlassen, antworte ich leise und lege meinen Arm um deine Schultern.

Zweisam schauen wir auf kommende Tage.

Ach, das kommt noch hinzu!

Christoph Klimke

Die wenigsten Neurotiker, wissen alle Psychologen, gibt es in dem Land, in dem man die Seele abgeschafft hat. Na ja und alle Länder der Welt arbeiten kräftig daran. Vielleicht sind da die Künstler die letzten gesunden Neurotiker, denn sie wissen sich meist selbst zu überlisten.

Was soll uns diese Geschichte, dieses Gedicht sagen? Wüsste der Verfasser es, er hätte sich die verkrampfende Mühe des Schreibens erspart. Etwas verrätseln, um es zu enträtseln, ein Geheimnis formulieren, um es sichtbar zu machen, eine Welt hinter der Welt zu schaffen, sie behüten wie die kleinen, dunklen Gebilde in einem Bernstein. Flatrate gegen Lyrik, da haben wir wenig Chancen.

Es schneit und schneit und ist längst dunkel an diesem Januarabend in Helsinki. Der Fahrer des Goethe-Instituts hat mich am Vormittag am Flughafen abgeholt, im Schritt-Tempo fährt der schwere Wagen Richtung Innenstadt und ich frage ihn, warum er mit Schneeketten ausgerüstet kein Gas gibt. „Hier fallen die Jugendlichen einem vors Auto", erklärt er mir lachend und tatsächlich sehe ich im weißen Gestöber schwankende Gestalten.

Vor meiner Lesung gehe ich mit meinem finnischen Freund und Übersetzer Otto Lappalainen ins Kappeli, das schöne Restaurant am Hafen, wo Klaus Mann, erzählt Otto, immer gegessen hat, wenn er in Helsinki weilte. Es ist Freitag und die großen Vergnügungsschiffe rüsten sich für die kommende lange Nacht. Wir zahlen und gehen über den Boulevard zum Goethe-Institut, wo mich der Direktor freundlich begrüßt. Ich lese aus meinem letzten Buch, einem Gedichtband. Immerhin ist mein Essay *Wir sind alle in Gefahr. Pasolini. Ein Prozess* auf Finnisch erschienen, aber Gedichte in deutscher Sprache, wer wird da an einem Wochenendabend kommen?

Der Saal ist voll und ich freue mich über das Publikum, das mich zum Teil staunend oder hinter sich mehr und mehr sinkenden Lidern betrachtet. Ich lese fünfundvierzig Minuten, die Zuhörer applaudieren. Ich gratuliere dem Goethe-Direktor, dem es offenbar gelungen ist, Finnen für die deutsche Gegenwartsliteratur zu begeistern. „Machen Sie sich nichts vor", weiht er mich ein, „die meisten kommen auch, wenn ein Vortrag über die Mosel gehalten wird. Denn es gibt hinterher Wein umsonst." Wie Recht er hat, denn schon sehe ich alle mir den Rücken wenden und das Glas erheben. Dem kann ich mich natürlich nur anschließen. Und doch, auf meinen Reisen nach Helsinki, Tampere und Turku habe ich erkannt, dass Finnland nicht nur Sauna und Handy-Industrie ist. Die Literatur hat sehr wohl einen höheren Wert als in südlicheren Gefilden. Einsamkeit muss nicht dumm machen. Und Dunkelheit nicht nur betrunken. Komisch ist dieses Land zudem. Fellini hätte seine helle Freude an den Geschichten, die ich hier erlebt habe, skurril und doch poetisch, verrückt und doch liebevoll.

Bei einem Schriftstellerkongress in Turku habe ich die Ehre, anstelle von Siegfried Lenz, der wegen Krankheit oder verständlicher Unlust nicht gekommen ist, eine Rede zu halten. Ich versuche, vergnügt über meine lieben Kollegen zu sprechen, die mit verzerrtem Gesicht meinem Englisch zu folgen versuchen. Einzig eine elegant gekleidete Frau in der ersten Reihe bricht immer wieder in lautes Lachen aus. Hinterher gehen wir in eine verrauchte Kneipe und ich lerne die isländische Autorin Steinunn Sigurdardottir kennen. Zurück in Deutschland bespreche ich zwei ihrer Romane, in denen sie sich als Expertin der Ohnmacht erweist. Die Ohnmacht der Liebenden ähnelt sehr der Ohnmacht der Künstler. Und doch erkennen sich die verwandten Seelen sofort, und auch wenn man einander selten sieht, sich ab und zu einen Brief und eben keine E-Mail schreibt, könnte man glauben, man gehörte zueinander. Ein schön schrecklicher Trost angesichts aller ungelesener Bücher, nie betrachteter Kunstwerke, nie gehörter Kompositionen, nie gespielter Theaterstücke. Wir können in den Himmel bauen, bald auf dem Mars, wir kappen die Wurzeln oder ignorieren sie ganz einfach, aber die für viele unsichtbaren Rhizome, jene Flechtengewächse unter der eigenen Haut, die das umspannen, was andere Seele nennen, beseelen den Leser, Betrachter, den Zuschauer und Zuhörer immer noch. So gesehen sind wir allesamt Verwandte von Don Quijote, jenes sympathischen Spinners, der wenig profitiert, aber immerhin seine Träume zu formulieren wusste. Doch Vorsicht! Angesichts neuer Raubzüge von Menschen, die sich mit Göttern verwechseln, ähneln auch wir mehr und mehr jenen Gestalten, die auch kein Galgenhumor retten kann.

Mein Freund, der große Kunstsammler und Händler Castor Seibel, der an Maler wie Jean Fautrier geglaubt hat, als die meisten Kunstkenner an dessen Werken vorbeisahen, und der mit dem französischen Romancier Marcel Jouhandeau jahrelang einen täglichen märchenhaften Briefwechsel pflegte mit der Verabredung, sich nie persönlich kennenzulernen, Castor hat mir einmal erklärt: „Wenn Menschen dir etwas erzählen, was dich überhaupt nicht interessiert, musst du antworten: ‚Ach, das kommt noch hinzu!' Du wirst sehen, deine Antwort löst Verblüffung aus." Stimmt. So gesehen, kann ich sagen, trotz alledem, im Herbst erscheint mein neues Buch. Und die Antwort wird sein: Ach, das kommt noch hinzu!

Flaschenpost

Christoph Klimke

Es war einmal ein Schriftsteller. Der lebte in der Lüneburger Heide mit seiner Frau ganz und gar zurückgezogen in einem kleinen Haus mit Garten und einem wichtigen Zaun, denn der hielt die wenigen Fans und Neugierigen aus der Umgebung ab, dem Autor auf die empfindliche Pelle zu rücken. Nur der Briefträger durfte durchs Gartentor und in den dunklen Hausflur. Kurz und knapp wurde die Post entgegengenommen, meist stapelten sich Rechnungen, dazwischen ein Brief des Verlegers, vielleicht ein Auftrag für eine Rezension in einem Feuilleton oder für ein Hörspiel. Ein stilles Leben zwischen Schreibtisch und dem Schwarz-Weiß-Fernseher. Des Hausherrn größtes Vergnügen bestand in den stundenlangen Übertragungen vom Eiskunstlauf der Damen.

Arno Schmidt, der meisterliche Sprachsteinmetz von *Zettels Traum* und anderen Wortgebirgen, hoch gerühmt und kaum gelesen, bekommt nun eines Tages ungebetenen Besuch. Es klingelt an der Haustür, aber der Postbote war doch schon längst durch. Ein fein gekleideter Herr mit großer Limousine steht am Zaun und ruft dem mürrischen Schmidt zu: „Wenn Sie mich jetzt ins Haus lassen, gebe ich Ihnen einen Scheck in der Höhe des Literaturnobelpreises." Wahrscheinlich war das Gartentor noch nie zuvor so schnell geöffnet worden wie in diesem Augenblick. Jan Philipp Reemtsma, philosophierender Millionenerbe und Überraschungsgast im Leben von Arno Schmidt, hielt sein Versprechen und kümmert sich bis heute um das Werk Schmidts. Die Originalmanuskripte sollen in einem sicheren Bunker im Garten des Hauses in der Lüneburger Heide ruhen. Wahrscheinlich halten wir geschwätzigen Schriftsteller unser Leben lang die Türen zu weit geöffnet, als dass uns so etwas Fantastisches widerfahren könnte.

Ich sitze unter toskanischen Olivenbäumen auf einer langen Holzbank. Ein warmer Sommerabend. Das Essen wird aufgetragen. Neben mir der größte Melancholiker unter den deutschen Dichtern, Günter Kunert. Wir treffen uns mit seinen Lesern hier zwei Wochen lang zum Thema „Prinzip Hoffnungslosigkeit". An den Nachbartischen versammeln sich Andächtige und bereden in einem Parallelseminar das Leben von Arno Schmidt. Natürlich ist auch Jan Philipp Reemtsma geladen, ohne Bodyguards, die – wie er meint – ihm im Ernstfall auch nicht helfen können. Wohl wahr. Weiterhin weiß Hans Wollschläger, der Übersetzer des ebenfalls hochgerühmten und kaum gelesenen *Ulysses* von James Joyce und Schmidt-Experte, alles. Neben uns wird gerätselt und geflüstert, viel gestaunt, geraunt und geschwiegen, während in der Runde der Hoffnungslosen es laut und feucht fröhlich zugeht. Wir lachen uns das Unglück zumindest diese Sommernacht lang weg.

In Rom lerne ich Alberto Moravia kennen und mache mit Freunden zu dessen achtzigsten Geburtstag einen Dokumentarfilm für das ZDF mit dem Titel *Man muss verzweifelt sein, um nicht zu verzweifeln.* Ganz im Sinne Kierkegaards lebt dieser ungeduldige, launische Herr der italienischen Literatur am Lungotevere. Seine Wohnung hat den Charme eines Wartezimmers, seltsam kalt und steril. Doch wenn Moravia über die Menschen, Elsa Morante oder Pier Paolo Pasolini, erzählt, ist er plötzlich wieder jung und verliebt in die eigene Geschichte.

Zu Vorgesprächen hatte ich ihn in seinem Haus am Meer südlich von Rom in Sabaudia getroffen. Es war am frühen Nachmittag. Ich schellte, aber niemand öffnete. Ich ging ums Haus und trat über die Terrasse ein. Moravia lag auf dem Sofa und schlief. Die Zeitung hielt er noch in den Händen und der Fernseher lief. Ein stilles Bild. Nur das leise Meer war zu hören. Nach einem Espresso, den seine gestrenge polnische Haushälterin zubereitete, und einem Spaziergang mit seinem schönen Hund am Strand zeigt Moravia mir das Nachbarhaus, das Pasolini im Sommer bewohnt hat. Wie ein Sohn war wohl der ermordete Dichterfreund für ihn und wie einem Sohn hätte er ihn für seinen Leichtsinn oft ohrfeigen können. Leichtsinnig war der Großbürger Moravia selten, aber dafür oft unterschätzt. Sein Kierkegaard-Motto entspricht sehr wohl den Gründen und Abgründen seines Lebens und Schaffens. Nach seiner Ehe mit der bedeutendsten italienischen Autorin Elsa Morante heiratet Moravia die damals politisch rebellische, heute längst arrivierte Schriftstellerin Dacia Maraini.

Im Sommer 1985 rufe ich aus Berlin Dacia in Rom an, ob sie das Vorwort zu meinem ersten Buch über Pasolini, mit dem sie eng befreundet war, schreibt. Sie willigt gleich ein. Das Buch *Der Sünder. Fragen an Pier Paolo* ist – den wenigen Lesern sei Dank! – nicht mehr im Handel. So erledigen sich manche Unausgegorenheiten wie von selbst.

Wenige Jahre später soll ich für rororo Bücher von Pier Vittorio Tondelli übersetzen, der in den USA und Frankreich schon ein Star ist, aber in Deutschland noch gänzlich unbekannt. Ich willige ein und übersetze *Pao Pao*, einen wüsten Roman über die schwulen Erlebnisse junger Absolventen des Militärdienstes, ein unglaublich anarchistisches Buch über Lebensfreude, über Lust, Schmerz und Angst, und einen Band mit Erzählungen *Altri libertini*, Geschichten über die italienische Jugend. Setzte Pasolini seine Hoffnungen noch vergeblich auf eine Jugend, die sich gegen die Vaterwelt stellt und gegen die unheilige Religion des Konsumismus kämpft, ergehen sich Tondellis Protagonisten lieber im Einverleiben von Lust und Gefahr.

Pier Vittorio lädt mich schließlich nach Riccione ein, dem Fellini-Badeort neben Rimini. Wir treffen uns im Grand Hotel, wo Freunde und Weggefährten mit ihm den Premio Riccione diskutieren und feiern. In diesem Jahr ist Tondelli in der Jury dieses bedeutenden Literatur- und Theaterpreises und zwischen den Sitzungen treffen wir uns am Pool, auch Nico Naldini ist unter den Gästen, ein Verwandter Pasolinis, der ein sehr persönliches Buch über den Schriftsteller und Regisseur geschrieben hat. Pasolini wurde übrigens für den deutschen Buchmarkt von Klaus Wagenbach entdeckt, der ihn zunächst als „grünen Spinner" bezeichnete. Doch seit die *Freibeuterschriften* sich so gut verkauften, ist Pasolini bis heute in seinem Verlagsprogramm vertreten. Selbst Verleger sind manchmal lernfähig.

In den Bars und Diskotheken von Riccione geht es bis in die Morgenstunden mit Gin-Tonic und anderen durchaus auch fleischlichen Drogen fröhlich zu. Danach schwimmen im Meer, schlafen in den noch leeren Liegenstuhlreihen, Frühstück und reden. Als Tondelli, ein blasser, großer, ganz und gar nicht italienisch aussehender Mann, kurze Zeit später stirbt, soll ich einen Nachruf schreiben. Dem feuilletonistischen Wunsch komme ich selbstverständlich nach, doch als ich die Todesursache verschweige, weil der Autor selbst sie nicht öffentlich machen wollte, bekomme ich Ärger mit den deutschen Berufsschwulen. Macht ja nichts.

Begegnungen mit Autoren haben die Ähnlichkeit des ersten Aufeinandertreffens von Katzen, die einander umschleichen und dann sich anfauchen und gleich wieder trennen oder zusammenbleiben und doch ist jeder für sich. Meinem Freund Günter Kunert werfen seine Nachbarn in Schleswig-Holstein bis heute ungeliebte Katzen über den Zaun, die in seinem schönen Haus und Garten lebenslanges Asyl erhalten. Streicheleinheiten inklusive. Solch ein Gnadenbrot wünscht sich so mancher Autor und ich freue mich schon, wenn ich bald wieder bei den Kunerts einen Tag lang sitzen werde. Wir trinken Kaffee und später einen Rotwein oder Schnaps und wir lachen uns das Leben her. Älter sind wir geworden. „Wir sehnen uns nach Hause und wissen nicht, wohin", wusste Ernst Bloch. Und der prophetische Theodor Lessing, ganz wie der realistische Kunert, warf und wirft immer noch seine luftigen Gebilde, Gedichte und andere Texte wie eine Flaschenpost ins Eismeer der Geschichte. Das verbindet uns alle. Wir erreichen wenige. Aber wer Flaschenpost schreibt oder sie zu lesen vermag, ist nie allein. Auch wenn die Botschaft meist unerfreulich bleibt und das Eismeer sich in Wüste zu verwandeln beginnt.

Ciccio

Christoph Klimke

Der abendliche Verkehr quält sich durch die Straßen Palermos. Die strengen Carabinieri und *Vigili urbani* versuchen ihr Bestes, aber zwischen dem Gehupe der Automassen, den laut knatternden Vespas, die sich geschickt vorbeischlängeln, und den stinkenden überfüllten Bussen und mutigen Fußgängern vermögen sie wenig auszurichten. Die meisten sind auf dem Weg nach Hause oder zur nächsten Bar, um den Aperitif zu trinken. Wir sitzen auf der Piazza Marina und trinken wie jeden Abend um diese Zeit unseren Campari Soda. Die Hitze legt sich langsam, der Asphalt und die Fassaden der alten Paläste sowie der Müll am Straßenrand und in den wenigen Grünanlagen geben ihr Übriges. Da nutzt kaum die salzige Luft vom nahen Meer, das sich ab und zu durch ein- oder auslaufende Schiffe, die grüßend die enorme Hupe betätigen, bemerkbar macht.

Die Piazza Marina zwischen dem alten Markt, den Ruinen und dem Hafen Palermos ist für mich einer der schönsten Plätze, die ich je gesehen habe. Hier treffen sich geheimnisvoll die Welten zwischen Okzident und Orient. Gerüche, Laute, Klänge und Bilder mischen sich genau in dieser Stunde zwischen Tag und heranbrechender Nacht zu einem unvergleichlichen Spiel, als wäre es nur für dich gemacht. Und du bist ein Teil des Ganzen.

Jedoch unangefochtener Held der Piazza Marina ist keiner von uns, kein Passant, keiner der Händler ringsum, nicht die eleganten Geschäftsfrauen, eiligen Männer, präpotenten Mädchen und Jungen, keiner der verlorenen Asylanten aus Afrika und schon gar nicht die uniformierte Stadt- und Staatsmacht.

Zwischen den Bars und Läden, rund um das grüne Rondell mit seinen Bäumen, zwischen übervölkerten Trottoirs und den kreuz und quer geparkten Autos herrscht Ciccio, wie alle ihn hier liebevoll nennen. Und tatsächlich ist dieser inzwischen würdevoll ergraute Hund dafür, dass er ein freilaufendes Tier ohne Herrchen oder Frauchen ist, wohl genährt. „Ciccio" ist der Spitzname für den Freund oder Mann, dessen volle Leiblichkeit mit Sympathie betrachtet wird. Dabei hat der Ciccio der Piazza Marina es nicht leicht gehabt zwischen den Tiere ignorierenden oder gar hassenden Sizilianern, die früher alles, was nicht im Kochtopf oder in der Pfanne zu verwerten ist, vergiftet oder ertränkt haben.

Ciccio hätte sicher viel zu erzählen über seinen Überlebenskampf gegen die Menschen und auch Tiere. Denn längst ist er der Platzhirsch und muss nur einmal aufschauen, knurren oder bellen und alle Konkurrenten weichen aus. Oder besser gesagt, wichen aus. Denn Ciccio ist in die Jahre gekommen. Sein Gang ist schwer, er hinkt leicht, angreifbar ist er geworden und auch trauriger als früher. Wenn wir allabendlich beim Grill neben unserer Stammbar zwei Würste für ihn kaufen, lächeln die Verkäufer uns zu: „Für Ciccio, ja?" Früher hätten sie uns hierfür in die nächste Psychiatrie eingewiesen, aber inzwischen haben auch sie eine Art Achtung für den alten Kerl, der sein Leben hier verbracht hat. Narben und Flecken auf seinem schmutzig braunen Fell zeugen von Revierkämpfen oder idiotischen Menschen.

Heute legt er sich noch einmal neben uns, lässt sich streicheln und füttern, kaltes Wasser bringen wir ihm und die uns umschleichenden Katzen und Hunde beäugen ihn neidisch, aber auch ein wenig herablassend, denn sie wissen nur zu gut, Ciccio wird bald seinen Platz räumen müssen.

Im Winter zog er Jahr für Jahr ein paar Straßen weiter, um im nahen Grand Hotel Ve Palme bei einem gnädigen Koch Zuflucht zu finden. Ob er den nächsten Winter den inzwischen weiten Weg schaffen wird, müssen wir bezweifeln. Aber Ciccio hatte ein unglaubliches Leben und verstünde ich ihn besser, würde ich ihm zu gern ein paar Fragen stellen. Wer waren deine größten Freunde, wer deine Feinde? Nach seinen gewiss unzähligen Liebschaften würde ich fragen und ob er schon hier auf der Piazza Marina geboren ist.

Wir trinken einen zweiten Campari Soda. Der Verkehr lässt nach und die spätsommerliche Dämmerung setzt ein. Ein paar Jungen und Mädchen laufen Arm in Am an uns vorbei, Ciccio würdigt sie natürlich keines Blickes. Ein großer, schwarzer Rüde nähert sich unserem Tisch und unser Freund hebt nur leicht den Kopf und schon ist der andere verschwunden.

Der Pfarrer der Kirche um die Ecke will ihn streicheln, und er lässt es gewähren. Kinder mag er nicht, keine lauten Menschen, und wenn er mal wieder so sein will wie früher, dann legt er sich wie jetzt mitten auf die Fahrbahn, so dass alle haarscharf an ihm vorbeifahren müssen. Er hat es überlebt. Wir zahlen. „A domani, Ciccio!“ und er schaut uns an, direkt in die Augen, vielleicht sein größtes, gelassenes Kompliment und wir gehen stolz auf diese Freundschaft, geleitet vom Konzert der Zikaden, weiter Richtung Nacht.

Geil in Neukölln

Mario Wirz

Der Himmel über Neukölln an diesem Montagmorgen im August 1980, ein luftiges Lager für jede Ausschweifung, das erregte Wolkenknäuel, lauter ineinander verschlungene Männerkörper, himmlische Schenkel und Schultern. Ein athletischer Engel lächelt mir zu, lüstern, zieht die Decke von meinem Bett, zieht mich zu sich empor. Ich lasse mich treiben, inmitten der Wolken, treibe es mit allen, hemmungslos, der Gesang der Vögel im Baum meines Hinterhofs beflügelte Lustschreie.

Was kümmert es mich, dass der bierbäuchige Kurt aus dem Vorderhaus schon wieder lautstark irgendwelche doofen Schlager hört? Ich gönne ihm Heino … und mir einen Blick auf Jörg, der gerade seinen Abfall in den Müllcontainer wirft. Hinterhoframbo. Mindestens 190 groß. Blond und breitschultrig. Jörg aus dem Hinterhaus, zweiter Stock. Was kümmert es mich, dass er eine Freundin hat? Was kümmert mich das missgünstige Publikum hinter den Fenstern? Ich stürze mich auf mein üppiges Frühstück, reiße Jörg alle Klamotten vom Leib, nehme ihn heißhungrig in Besitz, neben den Mülltonnen, seine Schreie gehen unter im Heino-Lärm aus dem Vorderhaus.

Beim Bäcker in der Altenbrakerstraße vernasche ich den Grünäugigen aus der Emserstraße. Wir wälzen uns inmitten der Torten und Brote und lassen es uns schmecken, alles, während die Verkäuferin Schrippen für eine Kundin in die Tüte zählt.

Männer, beim Fleischer in der Schierkestraße, Männer, beim Tabakhändler in der Jonasstraße. Langhaarige, Kurzhaarige, Glatzen, stämmige Proleten, arbeitslose Familienväter, Studenten, Taxifahrer, Künstler, Taugenichtse und Müßiggänger, Softies und Kerle – die geilen Männer von Neukölln. Ich greife zu und lasse mich greifen, meine Einkäufe, Vorwände meiner Wollust, zu packen und gepackt zu werden. Zwei Punks taumeln aus der Kneipe in der Hermannstraße. Sie vergewaltigen mich spontan, und es ist mir egal, dass der Inhalt meiner Einkaufstüten auf den Bürgersteig rollt.

Ich ignoriere das geistesgestörte Hupen der Autofahrer und den schwatzhaften Gruß der alten Frau mit den zwei schwarzen Pudeln, die immer, wenn wir uns treffen, über ihre zwei schwarze Pudel spricht.

Es ist August, es ist Neukölln, es ist geil.

Die zwei Punks. Der Junge mit den Sommersprossen und den kräftigen Waden auf der Klappe am Körnerpark. Der Brillenträger mit dem Grübchen im Kinn, auf der Klappe in der Karl-Marx-Straße, Nähe Rathaus Neukölln. Der dicke Türke mit den goldenen Zähnen, der mich in einen Hauseingang winkt.

Alles ist Ruf, alles ist Antwort.

Der Jäger von Neukölln kennt sein Revier, alle heimlichen Winkel und Nischen, Ecken und Plätze. Jeder ist Freiwild, jeder verführbar. Auch der schwarzgelockte Kellner im Café Ritz. Ich vergesse meine Tomatencremesuppe und die anderen Gäste, die es buchstabengeil mit einem Buch oder einer Zeitung treiben. Ich schnappe mir den Schwarzgelockten, werfe ihn sanft auf den Tresen und überrede ihn, die ungeduldige Bestellung eines Handke-Lesers zu überhören.

Der Augusthimmel über Neukölln, die Straßen, die Bäume, die Häuser, die Menschen, alles atmet erregt, alles atmet in Erwartung. Schweißtropfen auf den Zeigern der Rathausuhr, die Zeit dreht sich benommen im traumwütigen Kreis.

Wohin mit mir, wohin mit meiner Unersättlichkeit?

Ist es eine Halluzination meines Begehrens, dass die drei muskulösen Bauarbeiter auf dem Gerüst am Richardplatz lachend masturbieren? Sinnliche Attentate aus Fleisch und Blut, überall. Reine Notwehr, dass ich einen Wildfremden, der zuviel Haut zeigt, auf die Kühlerhaube eines parkenden Autos lege und mir nehme, was mir gefällt.

Der hungrige Vormittag hat sich in einen hungrigen Nachmittag verwandelt.

Ob ich mir im Filou in der Sonnenallee bei Kaffee und Kuchen ein geiles Wild fange? Oder einen willigen Jüngling bei McDonalds? Oder einen strammen Heten in irgendeiner der vielen Eckkneipen?

Das Gedächtnis der Gier diktiert meine Schritte ins Datscha in der Kranoldstraße. Nachmittagsträge lümmeln verschlafene Stricher auf den Stühlen und pubertieren international vor sich hin. Junge Polen und Russen. Tschechen und Rumänen. Deutsche und Türken. Ich wende mich ab von dem schüchternen Mann, der ich zu sein behauptet und an einem der Tische Cola trinkend den verklemmten Freier mimt. Mein wahres Ich zückt die Geldscheine aus dem letzten Banküberfall und spendiert

Champagner für alle. Wir feiern eine Orgie, bis der Nachmittag als Abend vom Stuhl fällt.

Ein kleiner, blauer Schlaf auf der Wiese im Körnerpark. Der Augustabend umarmt mich sanft. Der rothaarige Junge mit der Gitarre streicht mir das Haar aus der Stirn. Der Typ mit dem tätowierten Schmetterling auf dem Rücken knöpft mein Hemd auf. Wer füttert mich mit Erdbeeren? Wer öffnet den Gürtel meiner Jeans? So viele Hände, so viele Schultern, so viele Münder. Ich fange an zu träumen und lasse mich los, Gesang unter meiner Haut. Diese Augustnacht ist mild und großzügig. Sie weckt mich behutsam und schenkt mir ein Gedicht über den Duft des Grases. Das trage ich vorsichtig in meine Einzimmerhöhle und schreibe es auf für die Ewigkeit dieses Augenblicks. Meine Wohnungstür lasse ich sperrangelweit offen, damit mich das Wunder findet, wenn es mich sucht.

Für den Bruchteil einer Sekunde scheinen alle Dämonen gebändigt, dann triumphiert wieder mein Hunger, und ich gehorche der Unruhe, die mich treibt.

Ein Döner Kebap in der Emserstraße. Der Türke, der mich bedient, hat blaue Augen. Wir zerren aneinander vor den Augen der betrunkenen Gäste, die uns nicht weiter beachten. Neben dem Imbiss ist die Alte Feuerwache. Alles etwas bieder, aber der Typ hinter dem Tresen ist geil. Während er mein Bier zapft, nehme ich ihn von hinten, mit meinen Gedanken schon auf der Klappe am U-Bahnhof Neukölln.

Die S-Bahn rattert durch mein Herz, das mich in die Büsche schlägt, unter den Gleisen in der Saalestraße. Ein Mann folgt mir und sagt mir seinen Namen, den ich sofort wieder vergesse. Ich will namenlose Körper, namenlose Haut, ich begehre nur Fremde, den schnellen Augenblick, die schnelle Berührung, die ich abstreife, um wieder frei zu sein für neue Lust. Jetzt in den Scheinwerfern der Autos, die meinen Körper abtasten, gierig, ich bin süchtig nach den Männerblicken, die die Skizze entwerfen, in der ich Gestalt annehme, willig lasse ich mich zeichnen, von jedem. Jetzt von den Pranken eines Mannes, in irgendeinem Neuköllner Hinterhof. Ich wildere in Hauseingängen und Fluren, lasse mich in spießigen Wohnungen auf spießige Sofas schmeißen, jage weiter durch den Männerzoo, verbündet mit meinem Hunger und der Körperwildnis, in der ich Beute bin und Beute mache.

Die Nacht verkuppelt mich mit dem Mann im Mond. Der ist Voyeur und schaut zu, wie ich im Park an der Thomasstraße verschwinde, um mit den Schatten zu tanzen. Ich verfalle auch dem Eros der Bäume und lasse mich von ihnen umarmen.

Mein Hunger braucht Berührung. Immer. Bier und Zigaretten im Cat in der Leykestraße. Ich verwandele mich in einen jungen Stricher und lasse mich von einem Freundespaar kaufen, das mich für einen flotten Dreier in seine Wohnung in der Flughafenstraße mitnimmt.

Ein letztes Bier in der Trommel in der Thomasstraße, neben dem Friedhof, der mich auch in dieser Augustnacht in meinem Hunger bestätigt, das Fest zu feiern, solange es dauert. Ein kleiner Schwatz mit Werner und Siggi, die seit zwanzig Jahren hinter dem Tresen stehen. In meiner schwulen Stammkneipe gibt es keine Veränderung und keine Vergänglichkeit, der Friedhofsnähe zum Trotz, hier ist immer 1960.

Jeder kennt jeden, und da ich alle kenne, begehre ich keinen. Ich trinke mein Bier ... und noch eins ... und noch eins und lasse mich von Zarah in den Schlaf singen. Jetzt in meinem Bett, atemlos mich selbst verführend, der Himmel über Neukölln, in dieser Augustnacht 1980, ein schwarzes Laken, auf das ich weiße Wolken male, ein erregtes Wolkenknäuel, lauter ineinander verschlungene Männerkörper, himmlische Schenkel und Schultern.

Der Spiegel

Christoph Klimke

Wohin nur an diesem Sommerabend? Ich könnte mich mit Freunden zum Abendessen in einem Gartenlokal am Landwehrkanal treffen, allein und genüsslich im Roses in der Oranienstraße versacken, auf die Suche nach schöner Gefährdung mich begeben oder einen Blick in den Spiegel riskieren und mich einfach erst einmal rasieren.

Ein Spiegel ist bekanntlich der gnadenloseste Gefährte. Mal begegnet man ihm und sich flüchtig oder eben ausdauernd wie bei der Rasur. Keine Spur von Triumpf im Gesicht hinter dem weißen Schaum, nur die Jahresringe und unsichtbaren Verletzungen, die Bahn für Bahn von der Rasierklinge freigelegt werden. Schamlos ist der Blick und lässt die Stirn runzeln, die Lachfalten erfrieren und den Mund schmallippig die Wahrheit hinunterschlucken.

Jetzt vielleicht doch lieber ausgehen und vergessen. Fluchtbewegung tut gut, ein abendlicher Sport, der bis in die Nacht währt, und wenn man dann erschöpft, glückselig oder frustriert nach Hause kommt, den Spiegel ignoriert, laden die weißen Laken zu Träumen ein. Hinter der Schwelle des Sichtbaren lauere der Tod, sagt man. Der ähnelt mir aber ziemlich, werde ich mir heute Nacht im Schlaf wieder begegnen. Aus irgendeiner Ewigkeit, aus versunkenem Gedächtnis, aus Angsttiefen taste ich mich Richtung Morgen.

Fotografien sind da gnädiger. Sie bleiben gleich, auch wenn man sie über die Jahre immer wieder neu und anders betrachtet. Fremd wird man sich und jenen abgelichteten Lieben, fremd werden sie mir, seltsame Denkmäler und Abbilder von Erlebnissen, die hier festgehalten und wiederzufinden sind, die Erinnerung an alle Gemeinsamkeiten und Geheimnisse, an all das unausgesprochene und ungelebte Miteinander wachrufen. Täuschend ähneln sie Menschen, wie ich sie in Erinnerung behalten habe.

Mich selbst sehe ich ungern auf Fotos, da ich mich doch in besserer Erinnerung behalten möchte. Ich fantasiere mir lieber ein Spiegelbild, ein Selbstporträt her, das kein Fotograf der Welt aufnehmen könnte. Vielleicht sind wir auch nur eifersüchtig auf unsere verlorene Jugend und trösten uns fälschlich, dass die Jugend von heute es gerechterweise schlechter habe als wir damals. Solch trügerische Eitelkeit funktioniert aber gewiss nicht bei meiner momentan beendeten Rasur. Eher schon, wenn gleich – es ist inzwischen gnädig dunkel geworden – in irgendeiner Gaststätte mich jemand anlacht. Ich bin gemeint, fühle ich mich geschmeichelt und so berauscht und kopflos wage ich allerlei.

Gefräßig leben wir von den Blicken anderer. Und waren wir immer schon Kannibalen, die ein Gesicht mit einer fleischlosen Maske verwechseln, und das Sehen mit dem Einverleiben, so lebten wir immerhin vom kurzen Genuss unserer selbst.

Genug rasiert und los geht es. Die Fenster stehen weit geöffnet und von unten dringen trunkene Stimmen in meine Wohnung. Ein Bart wäre eine Möglichkeit, so müsste man sich nur ab und zu zurechtstutzen. Ich setze mich erst einmal vor die nächste Eckkneipe und schlucke gierig ein großes Bier hinunter. Dreiundzwanzig Jahre wohne ich in dieser Kreuzberger Straße. Als ich einzog, war gerade die Fassade neu gemacht. Daran erinnert nichts. Die inzwischen gepflanzten Bäume sind mächtig gewachsen und ihre Astspitzen erreichen fast meine Fenster. In ein paar Jahren wird ihr Laub im Sommer für kühlen Schatten sorgen. Jetzt zahlen und ich gehe, ich weiß nicht, wohin.

Blauer Dunst

Mario Wirz

Immer noch kriechen meine Hände über den Schreibtisch und suchen den Aschenbecher. Auch über jeden anderen Tisch irren sie und können nicht glauben, dass ich aufgehört habe zu rauchen. Die Stunden des Tages warten seit achtzehn Monaten vergeblich auf ihre Tabakdosis. Steck mir mal eine ins Gesicht, murmelt die Nacht verführerisch und gähnt auf die Pralinen, mit denen ich sie füttern will, als ließe sich eine Zigarette durch etwas anderes ersetzen. Weder Süßstoff noch überquellende Obstschalen mit bunten und vitaminreichen Köstlichkeiten sind ein Ersatz. Es gibt nichts, gar nichts, nur die verzweifelte Einsicht, dass es keinen tauglichen Trost für mein neues Leben ohne Zigaretten gibt.

Lass uns eine paffen, bettelt jeder Morgen und vergeht jämmerlich zum Nachmittag, der ebenfalls von Zigaretten träumt. Ich brauche eine Fluppe, sofort, nur einen einzigen Glimmstängel, bitte, winselt der Abend und verachtet die lächerliche Standfestigkeit eines Mannes, der dreißig Jahre lang als Kettenraucher auf Siege und Niederlagen geantwortet hat, auch auf alle biografischen Unentschlossenheiten dazwischen, und sich nun plötzlich und unerwartet von einer Lungenentzündung einschüchtern lässt, als hätte es in diesen Jahren nicht ganz andere Diagnosen gegeben. Warum auf einmal dieser würdelose, zu jedem Kompromiss entschlossene Lebenswillen?, lästert die Gewohnheit und verbündet sich mit der Erinnerung.

Das vertraute Glück der ersten Zigarette am Morgen, der neckische, kleine Schwindel im Kopf, dieser träumerische Taumel, der schöne, blaue Dunst eines neuen Tages.

Die zärtliche letzte Zigarette der Nacht, der dann leise und komplizenhaft die allerletzte Zigarette folgt, bei einem guten Buch und einem Glas Wein.

Die Vernunft ist Nichtraucherin, der Verstand ist Nichtraucher, doch beide wissen nichts von der Freude, mit Freunden nach einem gemeinsamen Essen entspannt zu rauchen und zu reden. Wie viele Nächte verqualmte ich lustvoll mit Thomas, den ich seit dreißig Jahren kenne. Unzählbar die Zigaretten mit meinen Schriftstellerfreunden Christoph und Detlev, Natascha und Sigrun, Michael und Stephan, Kriss und Klaus, Felix und Mathias, im blauen Dunst glücklicher Stunden verflüchtigt sich mein Raucherglück.

Was faselst du da?, fauchen die Tatsachen meiner Vergangenheit. Du bist doch nie ein Genussraucher gewesen wie dein prinzlicher Dichterfreund Detlev, sondern immer ein fürchterlicher Nikotinjunkie, auch ästhetisch eine Zumutung, und damit sind nicht nur deine gelben Kettenraucherfinger und Zähne gemeint. Diese groteske Unaufhörlichkeit, mit der du dir eine nach der anderen angesteckt hast, dieser rauchwütige Automatismus. Du bist ein elender Stressraucher gewesen, der sich rund um die Uhr von allem und jedem überfordert fühlte. Ein Suchtraucher, der asozial und rücksichtslos alles neben sich in Grund und Boden qualmte. Ein zweibeiniger Aschenbecher, der vielen Freunden stank, die nur aus Mitleid mit deinem melodramatischen Schicksal die Klappe hielten.

Jeder ist auf eine andere Weise süchtig, gurrt der blaue Tabaknebel meiner Geschichte. Warum nicht mit einer gewissen Gelassenheit zugrunde gehen? Warum um jeden Preis etwas länger leben wollen, wenn man diese Zeit in der Nichtraucherhölle verbringen muss? Es scheint, als lebtest du seit achtzehn Monaten gesünder, aber das ist Selbstbetrug. Schau dich doch mal an, ruft jeder Spiegel, der mir begegnet.

Dieses ältliche, freudlose Gesicht, diese frustrierte Nichtrauchermaske. Noch fetter bist du geworden, feister und verkniffener, alles, was du zu sein schienst, humorvoll und souverän, ist mit der letzten Zigarette vor eineinhalb Jahren verschwunden. Dein Charme und dein Esprit waren immer nur Leihgaben der Tabakindustrie. Was bist du ohne Nikotin? Ein verzickter Halbhundertjähriger, der seine Freunde mit hysterischen Anfällen drangsaliert. Ein Wunder, dass sich nicht täglich neue Zigarettenstangen vor deiner Wohnungstür stapeln, gesponsert von deinen Freunden und Kollegen.

Selbst Jan, der dir nach der bedrohlichen Lungenentzündung das Gelübde abgetrotzt hat, das Rauchen aufzugeben, erträgt deine Nichtrauchermetamorphosen nicht länger. Relax und rauche wieder, gönne dir und denen, die du liebst, zumindest einen Rückfall. Und noch etwas, wispert mein alter Nikotinteufel. Widert sie dich nicht an, die weltweite Verdammnis aller Raucher? Dieser neunmalkluge Zeitgeist und sein anödender Gesundheitswahn? Ist dieser lärmende Antiraucherfundamentalismus mit allen seinen diktatorischen Binsenweisheiten nicht nur zum Kotzen? Wäre ein Rückfall, gerade jetzt, nicht ein nobles Zeichen der Solidarität mit all den Verteufelten?

Einen Widerstandsraucher lach ich sofort tot, kichert der Verstand.

Nonkonforme Tabakhelden können nicht mal auf drittklassigen Kabarettbühnen überleben. Sei dankbar, dass dein von langer Krankengeschichte gebeutelter Körper treu und loyal mit dir gegen den Tod gekämpft hat, immer wieder in diesen Jahren, jede neue Therapie und alle Nebenwirkungen hat dein Körper dir zuliebe ausgehalten, damit du leben kannst. Du hast rauchend dem Schutzengel gedankt und rauchend neue Gebete ins Universum gequalmt. Rauchend, zwischen zwei Zügen, hast du deine Pillen geschluckt, und jeder Text, mit dem du dir deine Todesangst von der Seele geschrieben hast, entstand vor übervollen Aschenbechern. Was für ein absurdes Schmierentheater. Wenn du dir und Jan und eurer Geschichte eine Zukunft wünschst, dann wird es Zeit, dass du aktiv mitarbeitest. Gedichte und Gebete allein sind keine Unterstützung für deinen Körper, predigen Verstand und Vernunft mit zweisamer Eindringlichkeit, und ich höre ihnen zu und gebe mir Mühe, auch weiterhin tapfer zu sein.

Der barmherzige Schlaf schenkt mir manchmal Träume, in denen ich rauchend zurückkehren darf zu meinen wilden Jahren. Steck mir mal eine ins Gesicht, murmelt die Nacht verführerisch, bevor sie sich im blauen Dunst der Zeit verflüchtigt.

Jeans

Mario Wirz

Die heitere Gelassenheit, von der ich so oft behaupte, dass sie mit den Jahren gewachsen sei, verschwindet im Insider-Klamottenladen schlagartig. Ein ältlicher Außenseiter mit Wampe glotzt ängstlich und unsicher aus allen Spiegeln, die offensichtlich feixen und sich fragen, was dieses übergewichtige Mittelalter hier zu suchen hat. Ist mein Verlangen nach einer Jeans die sentimentale Sehnsucht des Halbhundertjährigen nach den blauen Tagen meiner Jugend? Frönt der feiste Fünfzigjährige der Illusion, dass eine flotte Jeans ihn verjüngen könnte? Vor anderen und vor sich selbst?

Schwachsinn, antworte ich wütend den indiskreten Spiegeln. Ihr alle seid vom Jugendwahn total verblödet. Ein Mann mit meiner Biografie, der eigentlich schon lange unter der Erde liegen könnte, hat ganz bestimmt kein Problem mit dem Älterwerden.

Warum dann dieser Schweißausbruch? Oder schwitzen souveräne Männer in deinem Alter von Natur aus etwas mehr?, frotzelt ein besonders frecher Spiegel, bevor er sich verliebt einem bildschönen Zwanzigjährigen zuwendet, der diese Gefühle stürmisch zu erwidern scheint. Niemand hat dir erlaubt, mich zu duzen, murmele ich und gaffe missgünstig auf den offensiven Flirt der beiden. Kann ich Ihnen helfen?, fragt eine junge Verkäuferin eher rhetorisch und ist entsetzt, als ich sie wortreich mit meinen Selbstdenunziationen zutexte. Die von exhibitionistischen Minderwertigkeitskomplexen inspirierte Macke der Älteren und Dicken, sich über sich selbst lustig zu machen, ist tragisch und auch ermüdend, aber wieder einmal markiere ich den Entertainer, der seine nervöse Angstprosa mit Esprit und Sarkasmus verwechselt und darüber hinaus eine gestresste, wehrlose Verkäuferin maßlos überfordert.

Jeans kann man in jedem Alter tragen. Ich schaue mal, ob ich was in ihrer Größe finde, sagt sie am Ende meines sich humorvoll gerierenden Monologs erschöpft und verschwindet eilig hinter einer der Türen. Ich trete etwas atemlos auf der Stelle und tue so, als betrachtete ich versonnen die bunte Sommerkollektion, die sich kollektiv von meinen Blicken bedroht zu fühlen scheint.

Was glotzt der Fettsack so gierig?, empört sich ein türkisfarbenes Hemd.

Der peinliche Typ bildet sich wohl ein, er sei immer noch anziehend. Wenn ich mir vorstelle, dass so was Ekliges nach einem grapscht, tuckt ein schrilles T-Shirt und schüttelt sich. Dieser geriate Mangel an Selbsteinschätzung, einfach unerträglich, seufzen die mit modischen Emblemen verzierten Blousons geziert im Chor.

Mein Bauch ist nicht das Resultat von zu viel Pasta und Pizza und Pralinen. Ihr wisst doch, das sind die Nebenwirkungen meiner Tabletten. Es ist ein Pillenbauch sozusagen, winsele ich verlegen in Gegenwart meiner schlanken Freunde, die mitfühlend nicken und ebenso wissen wie ich, dass der von seiner langen Krankengeschichte geplagte Chroniker zu viel Bier säuft und sich auch sonst kulinarisch jede Maßlosigkeit gönnt, die ihm möglich ist. Ich könnte regelmäßig schwimmen und Sport treiben, um die Mutation zum Mops zu verlangsamen, doch etwas in mir ist zu träge für Widerstand gegen die Gestalt, in der ich gestrandet bin. Hochschwanger im wievielten Monat der Kapitulation vor jedem Wunschbild scheine ich dickbäuchig meine Niederlage zu verkörpern. Könntest du bitte woanders weiter jammern und jaulen?, faucht der dreiste Spiegel, der jetzt promisk eine andere Schönheit anbaggert.

Vielleicht passt eine, sagt die Verkäuferin und drückt mir drei Jeans in den Arm.

Ich habe keine Lust mehr, eine Hose anzuprobieren, bin aber zu feige, das zuzugeben, und flüchte stattdessen in eine freie Kabine. Der Spiegel dort ist in meinem Alter und lächelt nachsichtig. Du hast ganz andere Katastrophen überstanden. Auch diesen Jugendpuff hier wirst du aufrecht verlassen. Entspanne dich, sagt er und zwinkert mir zu. Zwei Jeans weisen mich ab, was mich nicht kränkt, denn die dritte ist gutmütig und nimmt mich so, wie ich bin. Mir ist egal, was die Leute über uns denken, flüstert sie mir zu. Hauptsache, du wirfst mich nicht in den Trockner.

Stunde mit wilden Haaren

Mario Wirz

Wer kämmt an diesem Morgen das goldene Engelshaar des Kindes?

Der Knabe hockt im Spiegel und fürchtet sich vor den grauen Blicken des Mannes, die ihn gefangenhalten. Gleich kommt Mama und befreit ihren kleinen Liebling. Sie bürstet andächtig das goldene Engelshaar, auf das die anderen neidisch sind. Mama tröstet ihren Schatz, wenn die anderen Kinder über den Mädchenkopf lachen. Sie wissen eben nicht, dass der Knabe ein Engel ist. Nur die Blinden sprechen von blonden Haaren und können nicht sehen, dass der Knabe ein Goldschatz ist.

Wer kämmt das feine Prinzenhaar an diesem Morgen?

Der Fünfzehnjährige lacht verächtlich und schüttelt sich die Kindheit aus den Haaren. Niemand zähmt die Löwenmähne, die gegen den Kleinstadthorizont wächst, dunkel und aufsässig. Niemand bändigt das Rebellenhaar.

Du musst zum Friseur. Die Leute reden schon, sagt die Mutter mit verzagter Stimme, aber sie weiß, dass sie machtlos ist.

Mit den Haaren wachsen wilde Träume, gedeihen in Haschischnächten und trunkenem Schlaf. Der junge Hippie tanzt im Spiegel und kümmert sich nicht um die grauen Blicke des Mannes, den er nicht kennt. Er tanzt mit wilder Mähne, ein glücklicher Gammler. Niemand lacht, niemand lästert. Die Blumenkinder schmücken sich gegenseitig und verteidigen das Paradies, das sie nach dem ersten Joint erfinden.

Wann welken die ersten Blumen im Spiegel?

Der Zwanzigjährige sammelt die Blüten und streut sie über die Jahre, nachsichtig. Jetzt ist er Existenzialist und schreibt Gedichte, mit radikalem Kurzhaarschnitt. Wer ihn sieht, in seinem schwarzen Rollkragenpullover, immer eine Gauloise im Mund, der weiß, dass er ein Dichter ist.

Die Kleinstadtsonne ist schon lange untergegangen in den Großstadtnächten. Niemand schreit „Tunte" oder „Schwuchtel", der Mond verbündet sich brüderlich mit ruheloser Sehnsucht.

In den begehrenden Blicken anderer Männer nimmt der Zwanzigjährige die Gestalt an, von der sie träumen. Er ist der gefallene Engel mit kurzem Teufelshaar, der schöne Tänzer der Nächte, er dreht mit Anmut seine Pirouetten und schwelgt in flüchtigen Augenblicken. Er ist der bunte Paradiesvogel und übt Aufflug und Absturz, Fieber in seinen Flügeln und seinem kurzen Stoppelhaar, das die anderen erregt.

Du siehst aus wie ein geiler Matrose.

Du erinnerst mich an einen jungen Soldaten.

Du hast etwas von einem Cowboy.

Mit deinen kurzen Haaren siehst du aus, als kämst du gerade aus dem Gefängnis.

Mit schneidigem Haarschnitt und verletzten Flügeln kriecht er durch das Labyrinth der Wünsche, verirrt sich in den Erfindungen von Männlichkeit.

Er ist zu müde und zu weit entfernt, um die grauen Blicke des Mannes zu bemerken, der zärtlich auf ihn schaut.

Andere Gesichter erscheinen im Spiegel, andere Jahre, denen wieder lange Haare wachsen, aschblond und nicht verwegen genug.

Der Fünfundzwanzigjährige erfindet sich auf seiner Bühne, mit blonden und roten Strähnen im Haar, lackierten Fingernägeln und Tuntenpower. Er träumt von wilden Männerhänden, die sein Haar ergreifen, fordernd und ihn in Besitz nehmen.

Die namenlosen Jahre verflüchtigen sich in einem schnellen Rausch.

An fremden Schultern stürzt er ab, immer wieder, zurück zu sich selbst und seinem Hunger, bis einer kommt, der sich ihm auf die Haut schreibt. Mit starken Vaterhänden und grauen Strähnen im Haar. Jan ist der Retter. Von Anfang an überfordert.

In seinem jungen Grauhaar baut sich der müde Nachtvogel sein Nest.

Jan, genauso alt wie das sechsundzwanzigjährige Kind, dessen Herz er adoptieren soll, flieht und kehrt zurück. Himmel und Hölle.

Wer kämmt das Sehnsuchtshaar an diesem Morgen?

Nach der Chemotherapie wird das Haar wieder nachwachsen, sagen die Ärzte und schauen verlegen auf den fünfunddreißigjährigen Glatzkopf, der sich unter Schmerzen krümmt. Glatze steht dir gut, sagt der Pfleger und legt eine neue Infusion.

Ein blondes Kind ruft lockend seinen Namen und winkt den Träumer auf die andere Seite des Schlafes. Er fürchtet sich vor dem goldenen Engelshaar des Kindes und läuft davon in fiebertollen Träumen, tanzt fünfzehnjährig mit den Blumenkindern, die ihm einen Lorbeerkranz flechten und Gedichte rezitieren, die er erst fünf Jahre später geschrieben hat. Morpheus ist gnädig und lässt den Stunden wilde Haare wachsen, die fließen in die Hände von Jan, dessen Liebe mächtiger ist als der Tod. In einem Meer von Haaren versinkt der Tod, er hat keine Chance. Aufsässiges Schlafhaar, das sich verströmt in Morphinträumen, Rebellenhaar. Kämpferisch und trotzig.

Der Tod spielt mit ihm wie mit einer Puppe, reißt ihm alle Haare aus, gewalttätig, reißt alle Tage vom Kalender, doch die Liebe verbündet sich schwesterlich mit der Zeit. Jan steht an seinem Bett, auch am Ende aller Träume, und streicht das Fieberhaar aus seiner Stirn. Mit seiner Hilfe springt er über die Schatten, zurück auf die Seite des Lebens. Er braucht kein Toupet, keine Perücken, auch nicht die Mützen und Hüte, die Jan ihm schenkt, damit er den Kahlkopf verbergen kann, wenn er es will.

Längst ist er seinem Schicksal gewachsen. Lebendig und sterblich, behaust in der Liebe. Wer kämmt das graue Glückshaar dieser Stunde?

Mit seinem neuen Haarschopf zieht sich der Vierzigjährige aus dem Sumpf aller Ängste. Er schaut mit blauen Blicken auf sein Spiegelbild und fürchtet sich nicht.

Der Schwärmer

Christoph Klimke

Als ich Mario Wirz kennengelernt habe, wohnte er noch in Neu-kölln, also bei mir in der Nähe, auch wenn für jeden echten Kreuz-berger Neukölln nun doch unerreichbar weit weg zu sein scheint. Manchmal trafen wir uns in seiner Mini-Wohnung, in der der große Kerl mit seinen durch die Luft rudernden Armen kaum Luft bekam. Zumal er damals unendlich viele Zigaretten rauchte. Doch Mario raucht nicht mehr und wohnt nun in Steglitz. Manchmal sagt er auch Friedenau, wenn er Eindruck schinden will. Die neue Wohnung ist etwas größer und die Tortenstücke, zu denen Mario jeden Gast beim nachmittäglichen Besuch nötigt, werden auch immer mächtiger.

Ich bin der Kreuzberger Graefestraße treu geblieben, vielleicht weil ich durch meine Theaterarbeit so häufig fort bin. Das Café Graefe gibt's nicht mehr, wo die alternativen Schwulen sich zum Stricken trafen. Mister X hat seit vielen Jahren geschlossen, eine suspekte Nachtbar für uns Abgestürzte, die Tante-Emma-Läden sind verschwunden und ständig öffnet ein neuer Spätverkauf oder Döner Imbiss, ein Teeladen oder Blumengeschäft, um nach drei Monaten wieder aufzugeben.

Doch meine Stammlokale habe ich immer noch, genau wie meinen Freund Udo Klückmann, der in der Wiener Straße großartige Bilder malt. So war er es auch, der mich zur Lektüre der Gedichte und Dramen von Federico García Lorca begeistert hat, zumal Udo zu dem großen spanischen Dichter einen Bilder-Zyklus gemalt hat. Mit Freundin Mouche und ihm bin ich dann an die Schauplätze des Lebens und Werkes und auch der Ermordung Lorcas nach Andalusien gefahren. Einmal in der Woche sehen wir uns und das nun schon bald ein Vierteljahrhundert lang.

Mario treffe ich einmal im Monat. Ihn öfter zu sehen, würde uns wahrscheinlich schaden und Zusammenreißen zum sicheren Nervenzusammenbruch führen. Aber einmal im Monat muss sein. Dann verabreden wir uns im I due Emigranti in der Belziger Straße, also in Schöneberg auf neutralem Boden. Einer der beiden Wirte, Andrea, stellt uns gleich die üblichen Getränke hin und verwöhnt uns mit sardischen Köstlichkeiten. Manchmal treffen wir uns auch mit anderen Autoren wie dem Schweizer Romancier Christoph Geiser, der inzwischen einen Wohnsitz in Berlin hat, oder Egbert Hörmann, dem besten Leser, den es überhaupt gibt.

Aber die Abende zu zweit mit Mario Wirz sind vertrauter. Er fuchtelt wie immer mit den zu langen Armen über dem Tisch herum, bis die Gläser umfallen. Temperament hat er, wenn er mir von den neuesten Talenten, meist gut aussehenden Junglyrikern, vorschwärmt. Er redet und redet, bis er sich selber zuhört und mein Schmunzeln bemerkt. Dann stoppt er seine Schwärmerei und muss lachen. Trotzdem hat er meist Recht mit der Begabung und dem Aussehen der jungen Kollegen, denen Mario selbstverständlich dann sogleich neue Texte widmet. Das allerdings unterlasse ich dann doch.

Wir kennen uns von Lesungen in Berlin und anderswo, von nächtlichen Trinkereien, von Hausbesuchen, aber auch aus den Kliniken der Stadt. Manchmal streiten wir, was natürlich überhaupt keinen Sinn macht, und immer wissen wir voneinander. Wir schätzen uns in unserer Unterschiedlichkeit, in der Verschiedenheit der Literaturen und Vorlieben. Wir regen uns übereinander auf, wenn der andere – natürlich meist Mario – Unrecht hat. Laut sind wir am Tisch bei Andrea, aber der freut sich seltsamerweise immer, wenn wir sein Lokal betreten. Langweilig wird es mit uns offensichtlich nie.

Jedes Mal bringen Mario und ich uns Geschenke mit. Ich kaufe ihm ein Buch, schnöde in einem Din-A-4-Umschlag verpackt, während er in den Konditoreien festlich geschmückte Leckereien für mich sucht. Er will eigentlich keine neuen Bücher mehr und ich mag keine Süßigkeiten. Das muss Liebe sein. Oder ein Fall für die Psychiatrie. Und bevor wir im I due Emigranti noch zwei Amari zu uns nehmen, erinnern wir uns an die Freunde, die es nicht mehr gibt. Dann zahlen wir, umarmen uns, wanken jeder zu seinem Taxi und hängen auf dem Heimweg den Gedanken des anderen nach. Mit den Büchern werden wir nie vermögend werden, aber reich sind wir beide ohnehin.

Wenn wir uns sehen, ist der Alltag, jener schwere Koloss, fort und vogelfrei können wir vergessen, erfinden, seufzen, begehren, beteuern, versprechen, übertreiben, verlangen, lächerlich und traurig sein, teilen, mutig und kitschig sein, uns blamieren, begierig, unanständig, geschwätzig oder ganz einfach müde sein. Wir reden uns das Leben her und die Feinde weg.

In dem Buch *Von der Freundschaft* schreibt der französische Philosoph Michel Foucault dieser Zweisamkeit eine eigene Lebensweise, eine Lebensform zu und fragt: „Doch warum sollte nicht jeder einzelne aus seinem Leben ein Kunstwerk machen können?"

Mein Freund Mario kann es.

Besucher

Mario Wirz

Diese Unruhe. Wahrscheinlich wieder Fieber. Flirrendes Blau vor
dem Fenster. Juli oder August 1994. Die Tage fallen vom Kalender, während ich schlafe, und nur im Traum ist die Zeit wirklich.
Serge streut Sand auf meine geschlossenen Augen und lacht.
Liebe macht blind, flüstert er und schreibt mir seinen Namen
auf die Haut. Serge stürzt sich auf die Wellen, die ihn davon-
tragen. Serge steigt als junger Gott aus dem Postkartenmeer und
erhört mein Gebet. Wir sind sechzehn und verwandeln uns in
der berauschten Bläue des Tages in einen Körper.

Bestimmt ist auch dieser Serge nur eins deiner Hirngespinste,
sagt Tom und streut die Asche seiner Zigarette auf den Teppich.
Ich schließe meine Augen und sinke in einen kleinen Schlaf. Tom
hat nur selten Post für mich, aber er kommt jeden Tag zu mir.
Wahrscheinlich wundern sich die Nachbarn, dass der Briefträger
immer verdächtig lange in meiner Wohnung verschwindet. Mindestens zehn Minuten und manchmal noch länger. Vielleicht ist

er mein Opfer wie die vielen anderen Männer, die mich besuchen, und ich beute seine arglose Jugend aus. Er wirkt schüchtern und unerfahren und kann sich nicht gegen die Tasse Kaffee wehren, die jeden Morgen auf ihn wartet. Schwarz mit einem Löffel Zucker. Vielleicht ist es auch nur Mitleid, das ihn täglich in meiner Wohnung festhält, die ich lange nicht mehr verlassen habe. Einige vermuten, dass ich Tom Geld anbiete, für Dienste, die sich mit den Aufgaben eines Briefträgers nicht vereinbaren lassen. Alle hören das Lied, das Tom im Treppenhaus pfeift, um mir seinen Besuch abzukündigen. *Sailing* von Rod Stewart. Tom pfeift laut und falsch, doch eine blaue Wolke zieht über mein Bett und verspricht einen schmerzfreien Tag. Das schlaflose Fieber der Nacht sinkt mit jeder Stufe, die Tom zum zweiten Stock hochsteigt. Er geht langsam, weil er weiß, dass ich etwas Zeit brauche, um mich zu beruhigen. Ich wische den Schweiß von meiner Stirn und kämme mein Haar.

Beweise, dass es Serge tatsächlich gibt. Du könntest ihm einen Brief schreiben. Vielleicht antwortet er dir, sagt Tom zur Begrüßung und zieht sich wie jeden Morgen vor meinen Augen aus. Auch diesmal bitte ich ihn, sich zu mir zu legen, aber Tom lacht nur und zündet sich eine Zigarette an. An dem Tag, an dem ich dir einen Brief von Serge bringe, lege ich mich zu dir, flüstert Tom und bläst mir den Rauch seiner Zigarette in die Augen, bis sie brennen. Liebe macht blind, spottet Tom und zieht sich wieder an.

Wenn du brav bist, dusche ich morgen bei dir und markiere den jungen Gott, der aus dem Meer steigt, sagt der Briefträger, fast zärtlich, bevor er mich verlässt.

Wir wissen beide, dass er nicht so schüchtern und unerfahren ist, wie er aussieht. Immer noch diese Unruhe. Sirrendes Blau vor dem Fenster. Der Rausch der Mücken ist nur hörbar, aber die Fliegen taumeln wie betrunken gegen die Wände.

Ich brauche keine Erinnerung mehr an den Schrei der Möwen über unserem glücklichen Schlaf. Vielleicht ist der Sternenhimmel, unter dem wir erwachten, ein Bild aus einem Film, den ich damals mit Serge gesehen habe. Es ist auch möglich, dass Serge einer der vielen Fremden gewesen ist, denen ich gefolgt bin. Geliebt habe ich in jenem Sommer, den ich immer wieder finde, wenn ich meine Augen schließe.

Die leuchtenden Farben der Wellenreiter, tanzende Lichtgestalten unter der Sonne. Der kleine Junge, der eine Sandburg baut, um sie stolz seinem Papa zu zeigen, den es nur in seinen Träumen gibt. Serge ist ein Hallodri. Der denkt nicht mehr an uns, lügt die Mutter und weiß nicht, dass der Vater eines Tages aus dem Meer steigen wird, jung und schön wie der Meergott, den der Junge in einem Bilderbuch gesehen hat.

Ich mag die Berge lieber, sagt Ahmet, der mir täglich die Zeitung bringt und sie inzwischen gleich selbst auf den Stapel der anderen Blätter wirft, die ich auch nicht gelesen habe. Er lächelt sanft, bevor ihm einfällt, dass er heute nicht die Rolle spielt, die ich ihm zugewiesen habe. Glotz nicht so geil, du alte Tunte!, befiehlt er, aber es klingt aufgesagt und nicht glaubwürdig. Ich drehe mich zur Seite und suche die Augen der Matrosen, die mich manchmal getröstet haben auf meiner Odyssee durch die Hafenstädte dieser Welt. Marseille. Hamburg. Rotterdam. Die Tage und Nächte ertrinken im traumwütigen Schlaf. Kein Vater entsteigt dem Menschenmeer, in dem ich untergehe. Die Matrosen, die ich alle Serge nenne, lachen beschämt, als könnte ich tatsächlich der Sohn sein, den sie irgendwo unterwegs gezeugt haben.

Du wirst ihm immer ähnlicher, sagt die Mutter bekümmert und zeigt ihrem Sohn das einzige Foto, das sie von Serge besitzt. Ein schlecht belichteter Schnappschuss, der nichts mit dem Traumbild zu tun hat, von dem der Junge besessen ist.

Ich muss weiter, sagt Ahmet und nimmt sich das Couvert, das wie immer auch heute für ihn auf dem Schreibtisch liegt. Bleib noch ein bisschen, bettele ich, doch mein Satz geht unter im Geräusch der Tür, die laut ins Schloss fällt. Das Gepolter des Zeitungsjungen, der die Treppe hinunterspringt. Dann Stille. Stummes Blau vor dem Fenster.

Kein Sirren mehr, kein Summen. Die Mücken und Fliegen scheinen ihren Rausch auszuschlafen. Schwarze Punkte an den Wänden, unerlöste Zeitpunkte. Schon wieder Tränen. Der Tag flimmert schwarzblau. Ich schließe die Augen und sehe den Jungen, den die Kindheit noch immer gefangen hält. Möglich, dass er die kleine Stadt nie verlässt. Vielleicht ist sein Leben eine Geschichte, die er von den Erwachsenen gehört hat.

Die Mutter tut so, als wüsste sie nichts von den Männern, mit denen sich der Junge rumtreibt. Er sammelt Väter und wird für seinen Fleiß belohnt. Auch vor der Bahnhofstoilette wird er gesehen. Von Grund auf verdorben. Mit dem wird es ein schlimmes Ende nehmen, prophezeien die Nachbarn und verbieten ihren Kindern den Umgang mit dem lasterhaften Bastard. Die Gerüchte ebben nicht ab, doch die Schande ist ein kleiner Geldsegen. Der Junge kauft seiner Mutter einen Mantel. Finanziell geht es ihnen jetzt besser.

Wie spät ist es?, ruft jemand im Hinterhof, und aus irgendeinem Fenster fällt eine Zeit, die mir nichts bedeutet. Das Zimmer, in dem ich gestrandet bin, braucht keine Uhren. Der Tag beginnt verlässlich mit dem Besuch des Briefträgers, und wenn Ahmet kommt, ist schon später Vormittag. Saphirblau weicht Azur. Ein kleiner Schlaf, dann klingelt Rudi, zweimal kurz und einmal lang, und ich weiß, dass es Mittag ist. Taubenblaustunde. Rudi plustert sich vor mir auf und äugt chefärztlich durch seine Brille.

Sie essen nicht genug!

Du könntest mit dem Boot aufs Meer rausfahren und mir ein Haifischsteak angeln. Rudi gurrt amüsiert und watschelt in die Küche. Jeden Tag das gleiche Ritual. Der Haushaltspfleger kocht für den Babygreis einen bekömmlichen Brei.

Ich quengele und greine, bis Rudi bereit ist, mich zu füttern. Das Spiel langweilt uns inzwischen beide, aber wir tun so, als wäre es noch immer ein köstlicher Spaß. Einen Löffel für den Hallodri-Serge. Einen Löffel für Daddy. Einen Löffel für den besten aller Väter. Rudi gibt sich redlich Mühe, das Spiel jeden Tag etwas zu variieren, doch es fehlt ihm an Fantasie. Er wiederholt nur, was ich ihm beigebracht habe. Da ich den Löffel sowieso bald abgeben muss, spucke ich den Brei auf sein Hemd und hoffe, dass Rudi sich ausnahmsweise zu einer Reaktion verführen lässt, die mich überrascht. Er könnte mir spontan den Hintern versohlen oder mir so eine deftige Ohrfeige geben, dass der Abdruck seiner Hand auf meiner Wange sichtbar bliebe über den Tag hinaus. Stattdessen verschwindet er beleidigt im Bad und schimpft laut vor sich hin.

Ich kann nichts dafür, dass Sie krank sind. Alles habe ich mitgemacht, aber das geht mir zu weit. Suchen Sie sich einen anderen Kaspar.

Echauffiere er sich nicht künstlich. Es ist viel zu heiß. Er soll sich ein neues Hemd kaufen. Meinetwegen gleich zehn neue Hemden. Und jetzt lasse er mich bitte allein, murmele ich mit majestätischer Milde und stelle mir vor, dass ich in einen königsblauen Schlaf sinke. Hat das Sozialamt die Sonderzuwendung für neue Bettwäsche schon genehmigt?, fragt Rudi gehässig, doch ich würdige ihn keiner Antwort.

Dann also bis morgen, sagt er und entfernt sich endlich aus meinen Augen.

Die Fliegen und Mücken sind wieder wach und summen und sirren aufgeregt, als wollten sie mir etwas mitteilen. Keine Unruhe mehr. Alles ist leicht. Nichts wiegen die Tatsachen im Licht dieses Tages. Wenn ich Sozialhilfeempfänger wäre, könnte ich mir mein Glück nicht leisten. Tom. Ahmet. Der geile Ulf von der Getränkehandlung. Die willigen Callboys, die meinem Ruf folgen. Es ist möglich, dass der Briefträger nichts von seinen täglichen Besuchen bei mir weiß.

Vielleicht ist es gerade seine Ahnungslosigkeit, die mich betört. Die Zeitungen auf dem Stapel scheinen die Existenz von Ahmet zu beweisen, aber es ist auch denkbar, dass ich den Zeitungsjungen mit einem anderen verwechsele.

Der Nachmittag wird kobaltblau sein oder violett. Vielleicht sogar marineblau, wenn der Arzt gut gelaunt ist und als Schiffsarzt zu mir kommt.

Ihre zahlreichen Besucher sind keine Halluzinationen. Mich können Sie nicht austricksen. Sie entscheiden sich immer ganz bewusst, wann Sie sich etwas einbilden wollen. Das ist der kreative Wahn eines Schriftstellers. Trotzdem müssen wir handeln. Im Krankenhaus wären Sie besser aufgehoben. Meinen Sie nicht auch? Ich werde noch heute alles in die Wege leiten.

Das ist der falsche Text. Ich korrigiere den Arzt und souffliere ihm die Sätze, die ich mir für meine Geschichte wünsche, doch als ich die Augen öffne, ist er verschwunden wie ein Trugbild. Ist es die Hitze des Tages oder das Fieber? Die Jahre verglühen unter der Sonne. Nichts bleibt, nur flirrendes Himmelsblau über allen Träumen.

Andersens Schatten

Christoph Klimke

Eine Schönheit war er wahrlich nicht. Aber Clara Schumanns Urteil, Hans Christian Andersen sei der hässlichste Mensch gewesen, den sie in ihrem Leben gesehen hat, war wohl ungerecht. Hans Christian Andersens Biografie liest sich wie eine Reise durch seine Märchen und wie die Flucht vor sich selbst. 1805 im dänischen Odense geboren, bricht der Sohn eines Schuhmachers im Alter von vierzehn Jahren nach Kopenhagen auf, um berühmt zu werden. Vortanzen und vorsingen will der Junge vom Lande und scheitert hiermit ziemlich kläglich. Doch seinen Plan, in aller Welt bekannt zu werden, gibt er nicht auf. Bis heute sind seine Märchen die meist gelesenen weltweit. Berühmt ist Andersen geworden, glücklich war er nie.

Als „hässliches Entlein" muss er sich gefühlt haben, wenn er in den Spiegel sah, und arm war er wie *Das Mädchen mit den Schwefelhölzchen*. Doch packte er seinen „fliegenden Koffer", war er frei und genoss auf den unzähligen Reisen seinen wachsenden Ruhm. Er tingelte von Hof zu Hof, wo er schrieb und vorlas. Kinder gingen ihm auf die Nerven, vielleicht eine Berufskrankheit. Immer wieder verliebte er sich wie *Die kleine Meerjungfrau* ohne jede Chance. Befriedigte er sich selbst, machte er ein Kreuz oder einen Strich in sein Tagebuch. Gelebt hat er seine Liebe zum eigenen Geschlecht nie. So idealisierte er in den Märchen die Kindheit als Paradies der Unschuld, aus dem die Kinder nur durch das Erwachsenwerden vertrieben und schuldig werden.

In seinem Koffer trug er stets ein Seil mit sich, um sich eventuell aus brennenden Hotelzimmern abseilen zu können, und neben sich auf den Nachttisch legte er einen Zettel mit der Aufschrift „Ich bin nur scheintot", um nicht schlafend beerdigt zu werden. Hans Christian Andersen blieb bis zum seinem Tod 1875 in Kopenhagen ein Sonderling, ein Fremder, dessen Märchenfiguren mehr über ihn erzählen als jede Biografie. *Die roten Schuhe* handeln von seinem Wunsch, Tänzer zu werden, *Der standhafte Zinnsoldat* von dem tragischen Ende jeder wahren Liebe, *Die Schneekönigin* von Andersens Traum vom Glück und *Der Schatten* schließlich von seinen unheimlichen Ängsten.

In *Der Schatten* löst sich ein Schatten von dem Menschen, der ihn wirft. Der Schatten erobert dann eine schöne Frau und beide töten diesen Menschen. Weit vor Freud und Jung werden in diesem Märchen Andersens Psyche und Sexualität lesbar. Der Schatten, das schwarze Spiegelbild, treibt ihn durchs Leben und Licht in den Tod. Im Tod und nicht im Leben existiert das Glück. So erlöst Andersen auch viele seiner unglücklichen Protagonisten aus der irdischen Hölle ins Paradies.

Andersen hinterlässt ein Spiegelkabinett, einen Traumwald aus Geschichten, durch die er wandelt. Und schaut er in den Spiegel, sehen seine Figuren ihn an. Durch einen solchen Traumwald zu irren, immer auf der Suche, immer auf der Flucht, kann niemanden glücklich machen.

Andersen schrieb sein Leben neu: In seiner Autobiografie vergoldet er seine armselige Kindheit und sein unerfülltes Leben. Die Schatten führen ihn zu sich selbst. Vielleicht mochte er Kinder nicht, weil sie ihm ähneln: ungeduldig, gierig und noch nicht wissend, was das Leben aus ihnen machen wird. Sein Schicksal hat Hans Christian Andersen nie wirklich in die Hand genommen. Seine Geschichten zeugen von der Ohnmacht der Opfer den Tätern gegenüber. Wohl deshalb sind sie auch für Erwachsene spannend.

Heute habe ich *Das hässliche Entlein* seit meiner Kindheit zum ersten Mal wiedergelesen. Nie gelebte Wünsche, Kindheitsträume, Verängstigungen und ein Rest Geheimnis wurden wach. Ja, die Geheimnisse des Hans Christian Andersen behütete er selbst wie einen Schatz, womit er mein Leben bereichert. Schade, ein Schwan bin ich nicht geworden. Aber immerhin, mein Schatten ist mir treu geblieben.

Aqua

Mario Wirz

Ein tropfender Wasserhahn habe mich als Kleinkind in Trance versetzen können, erzählte mir meine Mama später, als ich schon etwas mehr von meiner Sehnsucht nach dem Element Wasser wusste. Kein anderes Kind sei so wild in Pfützen gesprungen wie ich. Geradezu ekstatisch sei ich gewesen, nicht zu bändigen, bevor die Pfütze meine Hose ganz und gar beschmutzt habe. Mit offenem Mund hätte ich im Regen gestanden, als wollte ich nicht aufhören, ihn zu trinken, schon pitschnass hätte ich mich immer noch geweigert, ins Trockene zu kommen. Wie verzaubert sei ich gewesen, nicht von dieser Welt, weit entfernt von ihrer mütterlichen Hand, die ich sonst immer ängstlich gesucht hätte. Ein lärmendes Fest sei für mich jedes Wannenbad gewesen. Das ganze Haus hätte meine Jubelschreie gehört. Immer wieder hätte sie das erkaltete Wasser ablaufen lassen und heißes Wasser nachgefüllt.

Im Gegensatz zur heutigen Zeit, wo das erwünschte Wasser in zentralgeheizten Badezimmern gehorsam aus den Hähnen flöße, hätte sie bereits am frühen Morgen angefangen, mühsam den Badewannenofen mit Kohlen und Holz zu füttern, damit ihr wassersüchtiges Kind später bei seinem Badefest im Warmen säße. Der Gartenteich eines Nachbarn habe mich magisch angelockt, und allen Verboten zum Trotz sei ich immer wieder unbelehrbar auf das private Grundstück geschlichen, um Frösche und Teichpflanzen zu bestaunen. Wo immer auch in der Nachbarschaft mit einem Gartenschlauch der Rasen besprengt worden sei, hätte ich mich rumgetrieben, und alle hätten gewusst, dass ich darauf warte, ebenfalls mit Wasser begossen zu werden. Schon völlig durchnässt, hätte ich nicht aufgehört, um eine Wiederholung zu betteln. Der Bastard von Frau Wirz ist verrückt, hätten die Leute getuschelt, doch das Gerede wäre ihr egal gewesen. Ihr hätte es leid getan, dass ihre winzige Rente es ihr nicht erlaubt hätte, öfter mit mir ins Hallenbad oder ins Freibad zu gehen.

Stattdessen sei sie so oft wie möglich mit mir durch den Wald gewandert, und dort vor einem Bach sei ich jedes Mal wieder in jene verzückte Träumerei geraten, über die sie sich inzwischen nicht mehr gewundert habe. Während sie Tannenzapfen für den Ofen gesucht habe, hätte ich still und aufmerksam dem Gemurmel des Wassers gelauscht, als wäre der Bach voller Märchen und Geschichten gewesen. Eigentlich ein großes Plappermaul, hätte ich auch immer andächtig geschwiegen, wenn wir an der Eder, dem großen Fluss unserer Kleinstadt, spazieren gegangen wären.

Nach einer lebensbedrohlichen Lungenentzündung sei ich im Alter von sieben Jahren sechs Wochen in einer Kinderklinik an der Nordsee gewesen, und danach wäre ich besessen gewesen von Meer und Muscheln und Wind und tutenden Dampfern. Immer wieder hätte ich sie gebeten, mit mir ans Meer zu fahren, und sie sei unglücklich gewesen, dass die Armut sie daran gehindert habe, mir den Wunsch zu erfüllen.

Mit vierzehn Jahren hätte ich angefangen, mir als Zeitungs- junge und mit Nachhilfestunden bei jüngeren Schülern Geld zu verdienen, und dann sei ich in den großen Ferien per Anhalter zu den Meeren meiner Sehnsucht getrampt, nach Holland und Frankreich, nach Portugal und Spanien. Auf ihre Sorge hätte ich keine Rücksicht genommen, und sie wäre manchmal alleine zu jenem Bach im Wald gewandert, um mir in der Erinnerung nah zu sein.

Ich sei von Anfang an ein wunderlich dem Wasser verfallener Sonderling gewesen, scherzte meine Mutter Jahrzehnte später, als sie sich, die furchtsame Kleinstädterin, bei ihren Besuchen begeistert dem Großstadtmeer von Berlin überließ.

Höfliche Komplimente zollte sie dem Wannsee mit seinen vielen Segelbooten, doch lieber tauchte sie mit mir unter in der bunten Menschenmenge der Straßen.

Fünfzehn Jahre nach dem Tod meiner Mutter versetzt mich der tropfende Wasserhahn in der Küche meiner Steglitzer Garten- hauswohnung in Trance, und ich höre meine Mama wieder fra- gen: Willst du mir nicht erzählen, woran du gerade denkst?

Herrengedeck

Christoph Klimke

„Männer wie wir, Wicküler Bier", lautete der Spruch der sich zu-
prostenden Musketiere, die dann in einem Zug das kühle Ge-
bräu runterschluckten. Der Schaum blieb in ihren angeklebten
Fernsehbärten hängen und die trunkene Boygroup lachte uns in
unseren Wohnzimmern an. Wicküler gab's rund um das Ruhrgebiet herum bis hin an den Niederrhein, wo eigentlich Altbier
gebraut wird. Aber wer je im Ruhrgebiet war, weiß „ein lecker
Pilsken" zu schätzen. Ich bin zwar in Oberhausen geboren, doch
meine Familie zog gleich nach diesem historischen Ereignis
nach Kleve an die holländische Grenze. Ob die Frage der Kinder-
krankenschwester an den glücklichen Papa – „Was, Sie sind der
Vater von dem Sohn?" – angesichts der überraschend vielen
Pfunde auf der Babywaage ein Grund hierfür war, wage ich zu
bezweifeln.

Ins Ruhrgebiet fuhren wir aber immer wieder. Meine Mutter
stammte schließlich aus Herne und die ganze bucklige Sipp-

schaft lebt bis heute in Recklinghausen, Marl, Unna, Ennepetal und Umgebung. „Glück auf, der Steiger kommt" wurde bei jedem der zu vielen Familienfeste gesungen, alle saßen dem Alter nach an den langen Tischen, wir Kinder am Ende oder am extra bereit gestellten Katzentisch. Es gab Kaffee-Kuchen, dann die ersten Schnäpse und Zigarren, mit denen sich die Männer ins Herrenzimmer, das nur zu solchen Anlässen geöffnet wurde, zurückzogen. Die Frauen wuschen das Geschirr ab und deckten den Tisch für das Abendessen ein. Die Fotoalben wurden aus den Schubladen geholt und neue Fotos wurden gemacht. In Grüppchen postiert, mal die Alten, mal die Jungen, schließlich alle mit Selbstauslöser, hat man dann doch beim nächsten Fest, ob Tante Ännes achtzigsten oder die Silberhochzeit von Onkel Egon, wieder viel zu betrachten und zu bereden. „Kinder, seid ihr groß geworden" oder „Du kommst ganz auf deine Mutter" waren die Sätze, die wir nie hören wollten. Oder „Jetzt spielt mal schön" hieß es und man schickte uns in den Garten, dabei mochten wir uns allesamt nicht. Warum auch? Nur weil wir verwandt und in demselben Alter waren, hatten wir uns noch lange nicht zu mögen. Und so stritten und schlugen wir uns draußen, während drinnen das Dortmunder Aktienbräu aus dem Kühlschrank geholt wurde. Die Damen blieben beim Kirsch, die Herren bekamen einen Korn dazu und so komplettierte sich das Pils- und Schnapsglas zum Herrengedeck.

Dass auch Frauen schon mal ein Herrengedeck nehmen, habe ich erst später erlebt. Am Dortmunder Theater wurde mein erstes Stück *Die Siamesischen Zwillinge* uraufgeführt und ich wohnte bei einer befreundeten Dramaturgin in der Kaiserstraße. Schräg gegenüber befand und befindet sich die Bismarckschänke, eine dieser unverwechselbaren Eckkneipen, die das Leben im Ruhrgebiet wie das Büdchen, wo du auch spät abends noch dein Bier kaufen kannst, bereichern. In die Bismarckschänke ging ich oft und gern mit Cornelia und ich trank so manches Gedeck. Aber auch die Wirtin, deren Frisur dem Haarschnitt ihres alten Pudels ähnelte, machte mit. Und die Stammgäste, zu denen wir nach dem dritten Mal auch gehörten, setzten sich einfach zu uns und erzählten, was ihnen an dem Tag alles so widerfahren ist. Und heißt es in Shakespeares *Sommernachtstraum*: „Was sonst alltäglich, ohne viel Gehalt, kehrt Liebe um in Idealgestalt", so gilt das nicht nur – wie wir wissen – für die Liebe zwischen Menschen, sondern auch für die Liebe zu Gewohnheiten und gewohnten Lokalen.

Als ich das erste Mal in die Bismarckschänke kam, wunderte ich mich über das Streu, das rund um die Theke zwischen den Barhockern lag. Als dann aber am späten Abend der erste sich nach dem x-ten Herrengedeck und dem kräftigen Erbseneintopf oder der typischen Bratwurstschnecke übergeben musste, holte die Wirtin einfach den Besen und die Sache war wieder in Ordnung. Da hilft nur mittrinken. Unvergessen auch die Kantine des Grillo-Theaters in Essen, die für uns unendlich lang öffnete. Die Wirtin Karin und ihr Mann, der einer ominösen Geheimloge angehört, wurden assistiert von ihrem trägen, ja wirklich bierbäuchigen Pitbull, der rund um die Uhr müde neben der Küche lag.

„Onkel und Tante, das sind Verwandte, die man am liebsten nur von hinten sieht", so eröffnete ich meine Rede, um die mich mein Vater gebeten hatte angesichts eines Goldenen Hochzeitstages. Ich konnte mit ruhigem Gewissen so beginnen, schließlich bin ich ja selbst mehrfacher Onkel und wer weiß schon, was meine Nichten und Neffen so über mich denken, zumal ich selber schon über das rede und schreibe, was Kinder und Jugendliche überhaupt nicht verstehen wollen, nämlich die guten alten Zeiten. Und inzwischen sehen sie mich leicht befremdet an, wenn ich bei den weniger gewordenen Familienfesten, wo alle inzwischen Prosecco und Riesling trinken, mir das eine oder andere Pils und einen Korn dazu bestelle.

Am Anfang war die Angst

Mario Wirz

Jeder Schriftsteller ist ein Don Quijote, der einen „unmöglichen Traum" träumt, beflügelt vom Wind, der die Windmühlen dreht, gegen die er kämpft. Der Schriftsteller braucht gleichzeitig Demut und „Größenwahn", um schreiben zu können, um sich trotzig mit Worten gegen die Ohnmacht der Worte zu wehren. Jeder literarische Text ist ein Widerstand gegen die Tatsache, dass die meisten Wahrheiten nicht in unsere Sprache „passen", sie sind zu groß und zu mächtig, zu schwer und zu dunkel, um in unseren Worten zu erscheinen. Jedes Gedicht, jede Erzählung, jeder Roman kann immer nur einen Bruchteil von Wahrheit beleuchten, immer nur einen Schatten von Wahrheit sichtbar machen.

Und manchmal ist es dieser Schatten, über den wir springen, der Schriftsteller und die LeserInnen, verbündet in der Angst, das Kauderwelsch unserer Biografie nicht zu verstehen, die Zeichen und Rätsel unserer Geschichte nicht entziffern zu können, verbündet in der Sehnsucht, dass jemand unsere SOS-Signale und Rufe hört, bereit, uns mit einem Wort zu erkennen und zu erlösen, bereit, auch die Wahrheiten jenseits der Worte mit uns zu teilen und auszuhalten.

Und manchmal ist es dieser Schatten, der Identität stiftet inmitten von Chaos und Zerrissenheit, eine heilsame Unruhe, die wütende Kraft, eine Mauer der Sprachlosigkeit einzureißen.

Und manchmal ist es dieser Schatten, der das erlösende Wort diktiert, den rettenden Satz, in dem wir Fragmente unserer Geschichte wiederfinden. Identitätsstiftende Splitter unserer Existenz und Biografie. Wir können nicht alles „sagbar" machen, aber auch der unvollkommenste Satz leistet tapfer Widerstand gegen unser Verschwinden, rettet einen Augenblick vor dem Vergessen, sabotiert den widerspruchslosen Prozess der Verflüchtigung und Auflösung, stört die unheimliche Routine des Verfalls, ist letztlich ein kleiner Triumph über den großen Tod.

Es stimmt nicht, dass am Anfang das Wort war. Am Anfang war die Angst, und sie war es, die sich das erste Wort suchte, und sie wird es wahrscheinlich auch sein, die das letzte Wort hat. Kein Gedicht kann die Angst zähmen, keine Erzählung, kein Roman, aber jedes Wort schreibt Hoffnung, jeder Satz macht uns für einen Augenblick etwas weniger verwundbar, jeder Text weist die Angst in ihre Schranken.

Ich weiß nicht, ob andere Schriftsteller über die Freiheit verfügen, sich ihr Thema aussuchen zu können, oder ob auch sie dem Thema gehorchen müssen, das sie aussucht und zwingt, *seinen Satz* zu sagen, so gut es eben geht.

Am Anfang war die Angst. Ich denke an die deutsche Kleinstadt, die mich bis zum Abitur gefangen hielt. Eine normale, kleine Stadt, stellvertretend für alle kleinen Städte in der Welt. Unerbittlich und übermächtig das Gesetz der Normalität, das jeden bestrafte, der „anders" war, anders dachte und fühlte. Verachtung traf die Lehrerin, die mit einem jüngeren Mann in „wilder Ehe" lebte. Ein Skandal war die Tatsache, dass meine Mutter mit vierzig Jahren ein uneheliches Kind zur Welt brachte; ich war von Anfang an für alle nur der „Bastard". Früh entwickelte ich die Überlebenstechniken des Außenseiters und flüchtete in die Utopie der Worte und Sätze. Zunächst als literatursüchtiger Leser, später als größenwahnsinniger Kleinstadtdichter. Ich war der „Rimbaud von Frankenberg". So heißt die Kleinstadt, in der ich aufwuchs.

Mit Worten schuf ich mir eine andere Welt, eine „bessere Welt", einen Buchstabenkosmos, in dem meine Gesetze galten. Natürlich war die Macht in den Händen der „Bastarde" und Außenseiter. Schreibend rächte ich mich für jede Demütigung, die ich engstirnigen Nachbarn und kleinkarierten Lehrern verdankte. Sie alle wurden verbannt aus dem prächtigen Reich, das ich mit prächtigen Worten baute. Ich war ein stolzer Buchstabenimperator und gnadenloser Buchstabendiktator.

Meine Sätze waren selbstbewusster und mutiger als der ängstliche Vierzehnjährige, der sie schrieb. Ich erdichtete mir eine starke und unverletzbare Identität, die mich vor meinen Feinden schützte. Meine Feinde, das waren die sadistischen Kerkermeister der „Normalität", die hässlichen Wächter meines Kleinstadtgefängnisses.

Am Anfang war die Angst, und danach war das Wort. Mein Schreiben war von Anfang an auch therapeutisch. Ich schrieb aus innerer Notwendigkeit und aus „Notwehr", ich schrieb aus Not. Ich füllte die weißen Blätter mit meinen Träumen und Ängsten, jeder Kränkung, die ich erfuhr, jeder Enttäuschung, die ich erlebte, schreibend war ich nicht mehr so verwundbar, nicht länger den „Kerkermeistern" wehrlos ausgeliefert. Ich erschrieb mir ein Selbstbewusstsein, das mich rettete, erschrieb mir eine Identität, in der ich mich entdecken konnte, jenseits der Normen und Konventionen. Mein Schreiben erwies sich als Rettungsmaßnahme für den jungen, von schlimmen Minderwertigkeitskomplexen geplagten „Bastard", und gleichzeitig war jedes geschriebene Wort eine Waffe, mit der ich gegen die Übermacht der anderen kämpfte. Die Sätze, die ich schrieb, veränderten mich. Zunächst klammheimlich und introvertiert, dann aber auch äußerlich und öffentlich. Ich schrieb rebellische Texte für die Schülerzeitung und attackierte ein System, in dem ehemalige „Nazis" als Lehrer Unterricht erteilen durften. Die Literatur verwandelte einen mutlosen „Hosenscheißer" in einen mutigen Kämpfer, meine Sätze stifteten Unruhe und Identität.

Auch ein Gefühl von Behaustheit und Heimat. Es war nicht mehr so wichtig, ob ich mich in Gesellschaft der anderen als Fremder definierte oder von den anderen als Fremder definiert wurde. In meinen selbstverfassten Geschichten war ich zu Hause, meine Sätze beflügelten mich, liehen mir Flügel, die Grenzen der Kleinstadt zu überwinden.

Nicht länger war ich passives Objekt des Kleinstadtterrors, schreibend wehrte ich mich, schreibend leistete ich Widerstand gegen den Kleinstadtapparat der Unterdrückung. Schreibend verwandelte ich mich von einem misshandelten Objekt der Kleinstadttyrannei in ein handelndes Subjekt, schöpferisch und produktiv, das seine Texte und seinen jungen Status als „Dichter" dankbar als nützliche Waffe im täglichen Kampf des Lebens begriff.

Am Anfang war die Angst. Ich erinnere mich an mein sprachloses Entsetzen, als ich mit circa sechzehn Jahren meine homosexuellen Neigungen erkannte. Schon vorher gab es diese diffuse Sehnsucht nach gleichgeschlechtlichen Berührungen und Kontakten, aber vorher hatte ich kein Wort für meine unruhigen Träume, keinen Begriff für das, was ich fühlte. Erst mit sechzehn Jahren brachte ich meine wirren Empfindungen und die Worte der anderen für diese Empfindungen in einen Zusammenhang. Homosexuell. Schwul. Tunte. Arschficker. Schwanzlutscher.

Schwuchtel. Trine. Das war der ältliche Friseur in der Kleinstadt, über den alle lachten und Witze erzählten. Was hatte ich mit diesem affektierten Mann und seinen ondulierten Locken und seiner gespreizten Redeweise zu tun?

Mit sechzehn Jahren kannte ich keine anderen homosexuellen Vorbilder oder Identifikationsfiguren. Exotische Themen wie Homosexualität waren im Lehrplan der Schule nicht vorgesehen. Es half mir wenig, dass ich im Englischunterricht Romeo und Julia in Romeo und Julien verwandelte, der Alltag war in den Händen der Heterosexuellen, jede Litfasssäule dokumentierte ihre Macht, jedes Werbeplakat, jeder Film, jeder Schlager, der die Liebe zwischen Mann und Frau besang. Im Straßenbild wimmelte es von heterosexuellen Liebespaaren. Meine Liebe war ein schmutziger Witz oder ein dummer Spruch, eine gehässige Bemerkung oder grölendes Gelächter. Erst später las ich *Giovanni's Room* von James Baldwin und andere Bücher, in denen meine Gefühle und Träume vorkamen.

Mit sechzehn Jahren glaubte ich, dass es nur zwei schwule Wesen unter dem Himmel gab: den affektierten Friseur mit seinen ondulierten Locken und mich. Verständlich, dass ich einen Selbstmordversuch unternahm, um diesem Trübsinn zu entrinnen. Der Trübsinn hielt mich fest, und ich landete für einige Wochen in der Jugendpsychiatrie. Dort mimte ich den verwirrten Jugendlichen, mit ganz „normalen" Konflikten und Problemen, es war mir unmöglich zu offenbaren, was mich wirklich quälte. Meine Wahrheiten vertraute ich dem weißen Papier an, das ich atemlos vollkritzelte mit allem, was mich bedrängte.

Am Anfang war die Angst, und erst dann war das Wort. Wieder war es die Literatur, die mich rettete. Mit Worten schuf ich mir einen anderen, schwulen Gefährten, einen Freund, der meine Träume und Wünsche teilte, mein sexuelles Verlangen und meine Ruhelosigkeit. Zu zweit waren wir stark und unverletzbar, kein Witz hatte Macht über uns. Ich erdichtete uns beiden eine

Insel, ohne zu wissen, dass es in den Metropolen der Welt reale Inseln für mich und meine Träume gab.

Aber auch mein imaginäres Reich der Liebe bot mir Asyl und Zuflucht, auch mein Buchstabenkosmos stabilisierte mein verzweifeltes und schwaches Ego. Ich schrieb schwule Liebesgeschichten mit Happy-End, verklärte die Liebe zwischen Mann und Mann in hymnischen Gesängen, und wieder waren die Worte mutiger und selbstbewusster als ihr verquälter und unglücklicher Autor. Ich hatte noch nicht Genet und Gide gelesen, kannte weder Jean Cocteau noch Klaus Mann, wusste nichts von den vielen Schriftstellern, die, in welcher Form auch immer, Liebe zwischen Männern thematisiert hatten, aber meine kleinen, kitschigen, schwulen Geschichten liehen mir Kraft und Fantasie, über die Grenze der allmächtigen und allgegenwärtigen Heterosexualität hinauszudenken und -zuträumen. Mit Hilfe meiner Texte baute ich mir zaghaft und langsam eine schwule Identität und ein schwules Selbstbewusstsein. Was ich mir in meinen pubertären Kleinstadtgeschichten herbeigeträumt hatte, bot mir drei Jahre später die schwule Wirklichkeit von Berlin: Männer, die selbstbewusst Hand in Hand durch die Straßen gingen, Männer, die in den Clubs und Diskotheken zärtlich und wild miteinander tanzten.

Was als Wort und sehnsüchtige Vision begann, war auf einmal aufregende Wirklichkeit. Das Leben hatte sich von der Literatur inspirieren lassen, natürlich nicht von meiner Kleinstadtprosa, aber von einem emanzipatorischen Prozess, an dessen Anfang das *Wort* stand, ganz egal, ob wir jetzt an Platon oder die Sonette von Shakespeare denken. Jede Wirklichkeit, jede Veränderung, beginnt mit einem Wort.

1979 erschien im inzwischen schon legendären schwulen Verlag Rosa Winkel eine Anthologie, die die Vielfalt schwuler Wirklichkeit in den Bekenntnissen und Visionen diverser Autoren einfing. Ich war stolz, dass ich mit meinem Text dazugehörte, dass ich schwarz auf weiß ausbrach aus den Gefängnissen der Heimlichkeit und der Selbstverleugnung. Die Literatur machte aus mir keinen „Helden", aber sie half mir, meine Angst vor diffamierenden Witzen und anderen Diskriminierungen zu verlieren. Meine Einzelgängerbiografie machte es mir schwer, mich in einer Gruppe zu engagieren, aber auch, wenn ich in meinem „Elfenbeinturm" meine Gedichte und Geschichten schrieb, wusste ich mich in einer großen Gemeinschaft von Verbündeten und Gleichgesinnten, und aus diesem Wissen schöpfte ich meine Kraft. Es gibt schwule Autoren, die sich vehement gegen das Etikett „schwuler Autor" wehren. Das akzeptiere ich, denn natürlich bedeutet dieses Etikett eine törichte Reduktion und fokussiert die Sexualität des Schriftstellers, was bei einem heterosexuellen Schriftsteller nicht geschieht.

Mich selbst tangieren diese Etikette nicht länger, vielleicht war mein Außenseitertraining als „Bastard in der Kleinstadt" in diesem Punkt hilfreich. Ich vergeude keine Energie mehr, mich über den allgemeinen Etikettierungswahn aufzuregen. Wer mich in eine Schublade packt, wird nur sich selbst finden, ich bin längst woanders.

Wenn mich wer auch immer als „schwuler Dichter" bezeichnet, reagiere ich mit Gleichmut, denn ich assoziiere mit „schwul" nicht nur die sexuelle Ausrichtung, sondern auch die existenzielle und gesellschaftliche Erfahrung, zu einer Minderheit zu gehören, und deswegen schreibe ich natürlich anders als ein Autor, der sich von Anfang an in Übereinstimmung mit den herrschenden Normen und Konventionen weiß.

Ich weiß nicht, wie viele Bücher noch geschrieben werden müssen, wie viele Filme gedreht und wie viele Bilder gemalt, bis die „Etikette" aus der Welt verschwinden. Aber vielleicht verschwände auch die schöne, triviale Lust, die den Homo sapiens daran hindert, allzu „ernsthaft" zu sein. Vielleicht ist es gar nicht wünschenswert, dass wir eines Tages nur noch über die Qualität eines neuen Romans sprechen, ohne darüber nachzudenken, mit wem der Schriftsteller gerade schläft.

Am Anfang war die Angst. Ich erinnere mich an den HIV-positiven Befund im November 1985 und an das dunkle Schweigen, das mich aus der Sprache der anderen warf. Ich fiel aus meiner Sprache, ich verlor die Sprache der anderen, die ich nicht länger teilen konnte. Am Anfang war die Angst ... und kein rettendes Wort in Sicht. Ich war paralysiert von der Diagnose „Positiv" und wartete auf den Tod. An meiner Seite Depression und Apathie und eine tägliche Dosis Alkohol.

Einige Male ging ich in die Positivengruppe, die die Aids-Hilfe anbot, um dann wieder in meiner Einzimmerwohnung zu verschwinden. Als schwuler Mann und Autor hatte ich mich emanzipiert, als Positiver sank ich zurück in eine verklemmte und ängstliche Privatheit. Masochistisch und schuldbewusst. Meine Krankheit war nicht das Virus, sondern meine alte und neue Angst vor dem sogenannten „gesunden Volksempfinden". Ich wähnte mich überall im Feindesland, fühlte mich von jedem Nachbarn bedroht, was würde geschehen, wenn der Nachbar erfuhr, dass er mit der „schwulen Pest" im selben Haus wohnte? Ich sperrte mich zurück in das irrationale und hysterische Gefängnis meiner Kindheit. Ich hatte die Kleinstadt verlassen, um zehn Jahre später in meiner Einzimmerwohnung in die Kleinstadt zurückzukehren. Gefangen in einer Landschaft aus alten Ängsten und neuen Schrecken. Ich kehrte zurück in die Gestalt, die die Wächter der Normalität für mich entworfen hatten, nahm die Gestalt des „schwulen, aidsinfizierten Bastards" an, in dem Rahmen, aus dem ich vor zehn Jahren gesprungen war.

Die Zeit verging, und ich stellte fest, dass mich der Tod noch nicht wollte. Eine Theatergruppe in Berlin beauftragte mich, ein Stück für Kinder zu schreiben, was mir in meiner Situation ab-

surd erschien, doch ich schrieb dieses Stück, auch aus pragma-
tischen Erwägungen, um meinen täglichen Alkoholkonsum zu
finanzieren.

Mit den Worten und Sätzen fing mein Leben wieder an, und
wieder war es die Literatur, die mich rettete. Ich schrieb Kinder-
stücke und Boulevardkomödien, aber auch diese „Verdrängungs-
literatur" war ein vitaler Anfang, eine verbale Brücke, die mich
zurückführte in die Sprache und Wirklichkeit der anderen. Ich
definierte mich nicht mehr ausschließlich als „Virusträger" und
„Todeskandidat", ich war wieder produktives Mitglied einer Gemeinschaft, lebendig und sterblich wie alle anderen auch. Noch
mogelte ich mich an meinen Wahrheiten vorbei, noch war ich
nicht bereit, mich schriftstellerisch mit meinem Thema ausein-
anderzusetzen.

Der Freundschaft mit dem Filmemacher und Aktivisten Rosa
von Praunheim entsprang in der Zeit von 1989 und 1991 ein hef-
tiger und aggressiver Briefwechsel, der mich aus meinem „Elfenbeinturm" und meiner Privatheit lockte. Mit der Parole der Act-
Up-Gruppen in den USA „Schweigen = Tod" zwang Rosa mich,
mein subjektives und individuelles Schicksal als Aids-Infizierter
in einem gesellschaftlichen und politischen Kontext zu begrei-
fen. Ich teile nicht alle Positionen von Rosa, aber Tatsache ist,
dass diese Briefe, die 1995 unter dem Titel *Folge dem Fieber und
tanze* im Aufbau Taschenbuch Verlag erschienen, der erste Ver-
such waren, Aids als mein Thema anzunehmen. Natürlich hätte
ich mir lieber ein anderes Thema gewünscht, eine andere Wahrheit, aber darum geht es nicht. Ich musste lernen, *meinen Satz* zu
akzeptieren und ihn mit meinen Mitteln so gut und so wahrhaf-
tig wie möglich zu sagen. Schreiben ist immer auch Widerstand
gegen den Tod, die furchtsame Sterblichkeit ist kein Privileg der
Aids-Infizierten, jedes geschriebene Wort ist auch eine Revolte
der Sterblichen gegen den Tod, jedes geschriebene Wort ist auch
ein Triumph der Lebendigen über den Tod.

Und wieder waren meine Worte weiter als ich, waren mir voraus, waren selbstbewusster und mutiger als ihr Autor. Schreibend lernte ich, das Virus nicht nur als Unglück zu betrachten, sondern auch als „positiven" Imperativ, radikaler zu leben und zu lieben, nicht so lau und „irgendwie", sondern hellwach und bewusst, bereit, auch ambivalente Gefühle zuzulassen, Widersprüchlichkeit und Chaos, jede Empfindung, die das Lebendigsein beweist. Ich vergeudete mich und die kostbare Zeit nicht länger an die große Kraftanstrengung des gelernten Selbstbetrugs, verschwendete mich nicht mehr an die antrainierte Verweigerung, das Leben in jeder Form und Gestalt anzunehmen. Der „dressierte Affe" sprang aus dem Käfig und warf alle Lektionen ab, alle Normen und Konventionen, die das Leben und die Liebe verneinen. Eine Kultur der Lebensangst hatte mich gezüchtet und deformiert, eine Kaugummi-Cola-Kultur, in der Krankheit und Tod als Tabu gelten, als Demonstration von Schwäche und Verwundbarkeit, als unerwünschte Störfaktoren in einem System despotischer Gutgelauntheit und verlogener Harmonie, eine Kultur, die selbst ein schreckliches Krankheitsbild darstellt.

Schreibend sprang ich über den Schatten in das Wort und in die Sätze und ließ mich von ihnen vorantreiben.

Und wieder waren es die Worte, die Identität stifteten und mich mit mir und meinem Schicksal und meiner Geschichte versöhnten. 1992 erschien im Aufbau-Verlag mein nächtlicher Bericht *Es ist spät, ich kann nicht atmen*, ein autobiografischer Text, der mich das Atmen wieder lehrte. Da ich keinen fiktiven Helden geschaffen hatte, keinen Paul oder Thomas, keinen Laurent oder Hans, landete ich mit meinem Ego-Dokument in der Schublade der sogenannten „Betroffenheitsliteratur". Wer als Schriftsteller ernst genommen werden will, muss Abstinenzler sein, wenn er über Alkoholismus schreibt, und kerngesund, wenn er Aids thematisiert. Der Verfasser einer schwulen Geschichte sollte ein anerkannter Heterosexueller sein, wenn er Wert darauf legt, dass

die Etikettenverteiler des Literaturzirkus sein Buch als literarische Leistung würdigen. „Betroffenheitsliteratur" (die „Frau-
enliteratur", die „schwule Literatur", die „Aids-Literatur" usw.)
ist ein vernichtendes Urteil der Rezensenten, das das literarische
Produkt als privates Geschreibsel diffamiert, „Selbsterfahrungs-
prosa" ohne literarische Bedeutung, ohne Anspruch auf Allge-
meingültigkeit, kunstvolle Zeitlosigkeit und begehrenswerte
„Unsterblickeit", von der die sterblichen DichterInnen träumen.

Natürlich war ich am Anfang enttäuscht, dass mir die Kritiker
nicht zumindest in der Literatur ein „langes Leben" versprachen,
aber vielleicht sind es am Ende andere, die über die Vergänglichkeit eines Buches entscheiden. Ich betrachte den abwertenden
Begriff der „Betroffenheitsliteratur" inzwischen mit Sympathie
und begreife ihn als Kompliment, denn eine Literatur, die nicht
von ihrem Thema betroffen ist, kann auch keinen Leser betreffen.
Alle meine Bücher sind literarische Inszenierungen, Geschichten, die sich ein Ich erzählt, das schreibend (sein) Leben erfindet
und in Literatur verwandelt. Alle Texte sind autobiografisch im
Sinne des Zitats: „Jede wahre Geschichte ist eine erfundene Geschichte. Jeder erfundene Geschichte ist eine wahre Geschichte."
Solange ich schreiben kann, hat der Tod keine Macht über mich.

Am Anfang ist die Angst, und sie diktiert das erste Wort, das
Hoffnung schreibt.

Ich will dir gut!

Christoph Klimke

Ein Friedhof auf Sizilien. Die Luft flimmert in der Hitze über den Pinien und Zypressen. Im hinteren, schattigen Teil die prächtigen Familiengruften, als müsste man noch aus dem Jenseits heraus beweisen, dass man etwas Besseres war. Schöner Marmor, ab und zu sieht ein Engel dich an.

Pollara ist ein kleiner Ort auf Salina, einer der Liparischen Inseln. Vom Friedhof aus schaut man auf das Meer. In die alte Mauer eingelassen die Gräber der weniger Betuchten. Wie in Miniaturhochhäusern ruhen sie in steinernen Fächern. Auf dem Foto eine alte Frau, ein Paar, ein Kind. Plastikblumen halten dem erbarmungslosen Sommer stand, vor der Inschrift eine Kerze. Manche Fächer sind leer. Noch unbewohnt oder aufgebrochen. Aus der Ferne ertönt ein Schiffshorn.

Auf meinen Reisen durch so viele Länder, Städte, Dörfer habe ich oft zuerst den Friedhof aufgesucht, für meine Lieben und mich jedoch jugendlich kategorisch das Ritual des Erinnerungsortes abgelehnt. Ich bin doch nicht sentimental oder gar kitschig. Aber je mehr Menschen man verliert, umso näher rücken die Wünsche nach Erinnerungshilfen. Und natürlich besuche ich das Grab meiner Mutter jedes Mal, wenn ich nach Kleve fahre.

Mutter steht mit ihrer weißen Schürze am Herd und rührt in den Töpfen. „Essen kommen!", ruft sie und merkt gar nicht, dass ich hinter ihr stehe. Ich ziehe vorsichtig die Schleife auf und laufe weg. „Na warte!", schimpft sie und wir springen durch die Zimmer und spielen Fangen. Wir bringen die Oma aus Leuna zum Inter-Zonen-Zug. Am Bahnhof in Duisburg umarmen wir uns und die Großmutter weint. „Dass Leuna-Opa das nicht mehr erleben konnte. Na ja, bis zum nächsten Jahr, schreibt mir oft, ja!" Und sie steigt mühsam die Eisentreppen hinauf, vollbepackt mit ihrem Koffer, der Handtasche und Beuteln voller Kaffee, Sardinenbüchsen, Nur-Die-Strumpfhosen und den Fotos, die wir in den letzten Wochen gemacht haben. Mit dem bunten Taschentuch winkt sie aus dem Fenster, bis der Zug im dreckigen Dunst verschwindet.

Ich stehe an Mutters Grab, es wuchert langsam zu. Auf dem Stein ihr Name, Geburts- und Todesdatum. Eine Vase mit vertrockneten Blumen. Es ist ganz still. Ich fahre mit dem Zug von Berlin nach Nürnberg, wo ein neues Theaterstück von mir geprobt wird. Der Zug hält in Naumburg an der Saale. Hier war mein Vater ein junger Lehrer nach dem Krieg und hier wurde mein ältester Bruder geboren. Ich sehe uns Geschwister Ritter spielen im Wald mit selbst geschnitzten Schwertern. Meine Schwester sorgte für die Verpflegung. Wenn wir losrannten, wehten ihre Zöpfe in der Luft.

In Oberhausen geboren, in Kleve aufgewachsen, in Italien gelebt, wohnhaft in Berlin, so mein unvollständiger Steckbrief. Wen vergessen wir im Leben? Welchen Geliebten, welchen Augenblick, eine Reise, einen Moment am Meer, in einer Bar, einem Pornokino. In Deutschland, in Südeuropa, in Finnland oder Lateinamerika. Bei Tag und bei Nacht, mit offenen und geschlossenen Augen. Langsam erblindend und schon ziemlich taub, bleibt den alten Hunden der gute Geruchssinn. Auf den ist Verlass. So vergisst man wohl nie die Gerüche in der Küche der Kindheit, Gerüche von Tieren, Menschenhaut, Küssen, von den geheimen Orten und Treffs, selbst Sehnsüchte haben Gerüche, auch moosbewachsene Steine, die Luft, die gute Luft, der heiße Sommerwald, das Meer im Winter. Auf nichts sei mehr Verlass, tönt es. Nur noch zwei Jahreszeiten, Gletscher schmelzen, der Süden brennt, im Himmel ein sich nie mehr schließendes Loch.

Friedhöfe ziehen mich magisch an. Ihre Stille, die Katzen zwischen den grünen Gräbern, die Alten mit ihren Gießkannen in der Hand und versunken in Erinnerungen. Die Steine, sie reden mit mir. Denn nichts ist vergessen. Dann denke ich an dich und an dich und gewiss auch an dich. Ich will dir gut, sag ich lautlos und sehe einen großen Vogel im Wipfel über mir. Er beäugt mich argwöhnisch, kräht einmal und fliegt auf, bis er im Wolkenweiß verschwindet. Auf die Erinnerung ist genauso Verlass wie auf die Träume. Sie haben ihre eigenen Regeln oder eben keine. Sie scheinen absurd, warum bin ich im Traum jetzt hier und mit diesem Menschen? Das habe ich doch nie erlebt. Warum erinnere ich mich jetzt an meine Mutter, an die Großmutter, an eine Zugfahrt, an einen Schrei oder Kuss, an einen Unbekannten. Das kann nicht sein. Doch melden sich die Vergessenen ins Leben zurück. Auch der Schrecken, auch das Versagen. Gnadenlos.

Hinter der Friedhofsmauer Nachkriegsbauten aus Beton. Dieses graue Gemisch wird gewiss verwirbeln eines Tages und hält tröstlicherweise nicht in die Ewigkeit. Die Grabsteine schon eher. Da kehrt plötzlich jener Vogel mit einem Gefährten zurück in den Baum, unter dem ich stehe. Zufrieden wippen sie auf dem Zweig.

Als Kind hatte ich einen Sittich, der mit mir sprach. Ja, er unterhielt sich mit mir, wenn wir allein waren. Und abends durfte nur ich den Käfig zudecken. Bis heute träume ich vom Fliegen. Bin ich hierzu nicht zu alt? Jelängerjelieber heißt eine Pflanze, die an Geißblätter, Kapuzinerkresse und Stiefmütterchen erinnert. Je länger unser Leben andauert, je lieber die Erinnerungen und kostbarer das Vergessen. Julien Green schreibt: „Sich gegenseitig die Abgründe verbergen. Das ist Liebe!" Dagegen hätte ich vor zwanzig Jahren energischen Widerspruch eingelegt. Was haben wir uns alles nicht gesagt und verschwiegen. Beim letzten Abschied kein Manko zu verspüren, ist ein großes Gefühl unausgesprochener Verbundenheit, als würde der aus dem Leben Verschwundene mir sagen wollen: Ich will dir gut.

Zeit der „Trommel"

Mario Wirz

1

Auf ihren Hockern thronen sie schwankend, die alternden Königinnen von Neukölln.

Sie warten nicht töricht auf irgendwelche Märchenprinzen, die sich am Ende der Nacht gnädig bezaubern lassen. Jedem geilen Frosch, der sich jetzt in die Trommel verirrte, folgten sie willig in sein amphibisches Lotterbett. Aber niemand klingelt an der wurmstichigen Tür, niemand kommt. Auch die Frösche und die Wunder schlafen längst. „Ich bin von Kopf bis Fuß auf Liebe eingestellt", singt die Dietrich, während eine besoffene Königin von ihrem Hocker fällt.

„Ich bin so schrecklich gefallsüchtig", lallt sie und lässt sich mit koketter Umständlichkeit von mir auf die Beine helfen. „Siggi, frag den schönen Knaben, was er trinken will." Siggi, der seit Jahren abwechselnd mit Werner hinterm Tresen steht, rollt genervt mit den Augen und stellt mir eine neue Cola hin. Er weiß, dass der etwas verklemmt wirkende Schauspielschüler keinen Alkohol trinkt. Wüsste er, dass der junge Abstinenzler in wenigen Jahren mit harten Drinks den Umsatz steigern wird, wäre er schon in dieser Nacht etwas weniger übellaunig.

Es ist 1978. Wieder einmal habe ich es nicht geschafft, an der Trommel vorbeizukommen, ohne zu klingeln. Was reizt mich an dieser alten Kaschemme in der Thomasstraße? Gleich nebenan ist der Friedhof, wo niemand sanft ruhen kann, weil die Schlaflosigkeit der Lebenden und ihre Ruhelosigkeit rücksichtslos lärmen.

Warum fühle ich mich in dieser kleinbürgerlichen schwulen Bar mit ihren schrägen Gästen und ihrer schrägen Musik so wohl? Berlin ist voller aufregender Orte und Versuchungen, und ich favorisiere eine Bar, die man genauso auch in einer mittelgroßen Stadt finden könnte. Ebenso versteckt und heimlich wie die Trommel mit ihrer Klingel und dem Türspion, der verhindern soll, dass böse Buben das Reich der Verzauberten schlagartig ernüchtern.

Bist halt immer noch der Provinzkasper, der sich vor der Großstadt fürchtet, lästert nachsichtig ein Freund, den ich in meine Lieblingsbar mitnehme.

2

Auf meinem Hocker sitze ich, so anmutig wie möglich, und warte, dass mir jemand eine Cola ausgibt. Ich bin jung und immer pleite. Der künftige Schauspielstar schnorrt Fluppen, und wenn er Glück hat, wacht er morgens an der Seite eines Fremden auf, der ihm ein nahrhaftes Frühstück anbietet, das ihn für den langen Tag ausreichend stärkt.

Ich schaue staunend auf die kleine Tanzfläche, auf der zwei dicke Lesben zu lauter Discomusik verzückt in ihrer Körperfülle schaukeln.

Helga und Kurt, das mittelalterliche Ehepaar aus der Nachbarschaft, presst sich etwas zu stürmisch aneinander, was Mackie, die verzickte Karstadt-Tunte vom Hermannplatz, angewidert beäugt. Hochmütig wirft sie ihre Arme in die Luft.

Zwei junge Stricher lehnen lässig an der Wand und halten Ausschau nach Beute.

Es ist Samstag. 1979. Disko-Time auch in der Trommel von Neukölln.

Siggi bedient am Rundtresen im hinteren Teil des Raums. Werner kümmert sich vorne um seine Gäste, so aufmerksam und hingebungsvoll, besonders bei gutaussehenden Jünglingen, dass er oft das Klingelzeichen überhört.

Werner, Tür!, schreit der blonde Siggi und dreht die Musik wieder lauter. Er ist auch passionierter Diskjockey und liebt es, seine Gäste mit fetziger Musik und sich sachte steigernden Gemeinheiten und Beleidigungen zu animieren.

Bewegt eure trägen Ärsche und beweist, dass ihr noch nicht tot seid. Sonst lasse ich euch nebenan sofort wieder einbuddeln, grölt er begeistert in sein Mikrofon und fühlt sich mindestens so originell und locker wie ein Diskjockey in New York.

Samstags schlägt die Trommel die buntesten Gegensätze auf ihre dunkle Seite in der Thomasstraße. Die Nutten aus der Rainbow-Bar, drei Häuser weiter, gönnen sich hier eine Pause und schäkern friedlich mit ihren schwulen Jungs, die sie „Baby" und „Honey" und „Darling" nennen.

Die Königinnen, im angeblich wirklichen Leben Versicherungsangestellter, Postbeamter oder Lehrer, tanzen mit Bauarbeitern, von deren breiten Pranken auch der alte Dichter Martin träumt, der gerade jetzt ein Sonett auf den Bierdeckel schreibt. Stricher flirten schamlos mit den erregten Ehefrauen biederer Normalos, die nicht nur samstags gerne dem Ruf der Trommel folgen, weil es bei den netten Schwulen irgendwie lustiger ist als im heimischen Wohnzimmer.

Auf den Grund der Gläser fallen diese Jahre, berauscht von ihrer Zeitlosigkeit.

Draußen in der sogenannten Wirklichkeit vergehen die Jahre, humorlos und vergänglich, wir aber sind immun gegen das Gift der Veränderung.

Die Trommel schlägt alle Tatsachen in die Flucht. Die Trommel beschützt uns vor der feindlichen Realität. Die Trommel ist unser nächtliches Exil.

Nacht für Nacht fliehen wir auf unsere verlässlichen Hocker und lassen uns von Zarah Leander und Marlene Dietrich trösten. Die Göttinnen lassen uns nicht im Stich.

Nur noch tote Hose. Selbst am Samstag ist nichts mehr los. Das war früher anders, sagt Siggi und schaut schwermütig auf die leeren Hocker. Die Schlampen gehen jetzt nur noch in Bars mit Darkroom, sagt er verächtlich und zündet sich eine Zigarette an. Er ahnt, dass meine Treue nicht Ausdruck von Tugendhaftigkeit ist.

Die junge Nachteule flattert durch die Parks der Großstadtwildnis, unersättlich auf der Jagd nach Beute, und nur wenig läuft rum, was nicht in ihr flexibles Beuteraster passt, kaum ein Ort in dieser Stadt, an dem er nicht Federn lässt, der gefräßige Raubvogel. Auf dem Weg zum Neuköllner Nest in der Altenbraker liegt die Trommel, laut von plärrender Schlagermusik und dem schrillen Geschrei der alkoholisierten Gäste, und natürlich gelingt es mir nur selten, der Versuchung eines heimischen Absturzes zu widerstehen.

Zu klein ist meine ärmliche Hütte, zu leer ist mein kaltes Bett. Vielleicht fange ich noch ein verführbares Wild, das mich in dieser Nacht wärmt.

Nur Mackie, die versnobte Hexe, und Martin, der ewige Brecht-Schüler, sitzen stumm vor ihren Gläsern. Werner gähnt gutmütig in der Gegend rum und scheut sich offensichtlich, nach Hause zu gehen, wenige Straßen weiter, wo sein launenhafter Siggi auf ihn wartet. Seit Ewigkeiten sind die beiden das Herz der Trommel, tapfer und geduldig warten sie, dass die guten Jahre der Vergangenheit sich versöhnlich in der Gegenwart wiederholen oder sich zumindest wohlwollend für die Zukunft ankündigen.

Früher konnten sie sich einmal im Jahr eine große Reise leisten. China oder Indien oder Afrika.

Jahr für Jahr bestaunen die Neuköllner Stammgäste die dicken Fotoalben. Siggi vor Tempel. Werner auf einem Kamel. Beide mit Strohhüten auf einem Basar.

Vorläufig ist mehr als ein Spaziergang am Wannsee nicht drin. Mir macht das nichts aus. Aber Siggi. Der dreht durch, wenn er nicht einmal im Jahr ans andere Ende der Welt kann, sagt Werner und seufzt vernehmlich. Er ist circa zehn Jahre älter als sein vom Fernweh geplagter Gefährte und nimmt nichts allzu wichtig. Siggi, der Skorpion, ist oft taktlos und heikel und verzickt, doch klammheimlich ist er mir näher als der in jeder Situation bedingungslos zur Harmonie entschlossene Werner.

Viele kommen aus der ganzen Welt nach Berlin, um hier Urlaub zu machen, sagt Martin und lächelt fein und pafft wieder an seiner Zigarre.

Scheißtouristen!, blökt Mackie und kippt ihr volles Bierglas vom Tresen.

„Sehnsucht heißt ein altes Lied der Taiga", singt Alexandra.

Ich beschließe, den Kampf gegen Drachen oder andere mögliche Ungeheuer in meiner kleinen Wohnung im Seitenflügel heldisch auf mich zu nehmen.

Wenn die Aidsgespenster mich nicht schlafen lassen, wenn die Angst ihre kalten Hände auf mich legt, ziehe ich mich wieder an und suche Trost in der Trommel.

Nur fünf Minuten von meiner Wohnung entfernt wartet die nächtliche Oase auf ihren späten Gast. Wenn Werner am Tresen steht, verspricht das Trommelufer auch den Schiffbrüchigen im Morgengrauen Rettung. Selbst wenn keiner da ist, hält Werner tapfer die Stellung. Aber vielleicht sind die Hocker auch mit unsichtbaren Gästen besetzt, die Werner den neusten Tratsch von der anderen Seite des Lebens erzählen.

Vielleicht bleibt Manfred mit den tellergroßen Clownsaugen auch nach seinem Tod Stammgast und erzählt seine abenteuerlichen Geschichten von berühmten Sängern und Tänzern, die ihm leidenschaftliche Liebesbriefe schreiben. Vielleicht hat Tanja, die sich vor Jahren spontan aus dem Fenster im achten Stock stürzte, immer noch ihren großen Auftritt im glitzernden Abendkleid. „Was glotzt ihr so dämlich, ihr alten Pickelgesichter? Ich weiß, dass ich in dieser stinkenden Jauchegrube meine Perlen vor die Säue werfe, aber wer so viele schöne Perlen hat wie ich, kann sich Großzügigkeit leisten."

Vorhang auf für Ronny, der vierzigjährig im Outfit des Zwanzigjährigen in die Trommel tigert. Über seiner Schulter baumeln kess und draufgängerisch die funkelnagelneuen Rollschuhe, mit denen er vorher in der Rollschuhdiskothek am Hermannplatz um die Aufmerksamkeit der Youngster gebuhlt hat, die er begehrt.

Ronny, so verzweifelt blond und verletzlich in seiner juvenilen Kluft.

Im Auguste-Victoria-Krankenhaus auf der Aidsstation sehe ich ihn 1986 zum letzten Mal. Der Tod schenkt ihm das Gesicht eines Jugendlichen.

Dienstags ist Ruhetag, aber an allen anderen Tagen gewährt die Trommel den Einsamen und Schlaflosen Asyl.

Die Trommel als Geländer für den, der keinen festen Grund mehr unter seinen Füßen spürt. Die Trommel als therapeutische Maßnahme für Unglückliche.

„Was für ein pathetischer Schwachsinn. Die Trommel ist einfach eine alte schäbige Kneipe für verkrachte Existenzen wie dich und mich", lacht Martin und bläst mir den Rauch seiner Zigarre ins Gesicht.

Dichter Martin mit seiner eingedrückten Boxernase und dem grauen Pferdeschwänzchen unter der klassischen Arbeitermütze. Er hat noch als Regieassistent für Brecht gearbeitet, was er auch jedem stolz erzählt.

Der Ruhm, den er als Dichter verdiente, verweigert sich störrisch und kleinlich trotz prominenter Fürsprecher wie Ingeborg Drewitz und Heiner Müller.

„Verkracht bist du nur hier, du blöder Möchtegern-Goethe. Ich habe Triumphe auf der ganzen Welt gefeiert. Ich bin sogar vor gekrönten Häuptern aufgetreten. Die Presse hat Hymnen über mich geschrieben. Kann ich dir alles zeigen, du Schreiberling", wütet Suleika, die als Schlangenbeschwörer und Damendarsteller im La Vie en Rose ihre Legenden über sich selbst verteidigt. Sie wohnt direkt über der Trommel und kommt meistens ungeschminkt und ohne Kostüm als Kerl mit einschüchternder Muskelkraft.

Und was ist aus dem Cola trinkenden Schauspielschüler von 1978 geworden?

Zehn Jahre später brauche ich Nacht für Nacht eine hochprozentige Dosis, um meine tragischen Metamorphosen zu ertragen. Meine große Zukunft als Schauspieler ist Vergangenheit. Ich beziehe Arbeitslosenhilfe und warte darauf, dass mich das tödliche Virus erledigt. Bald werde ich mit Manfred und Tanja und Ronny und all den vielen anderen zu den imaginären Gästen der Trommel gehören.

„Siehst doch gut aus", wird Werner sagen und mir meinen Lieblingsdrink hinstellen.

Gin-tonic mit Limette und viel Eis.

1988 kann ich mir nicht mal in meinen ausgeflipptesten Wunschträumen vorstellen, dass ich zwanzig Jahre später halbhundertjährig und übergewichtig in die Vergangenheit zurückkehren werde, um über die Trommel einen Text zu schreiben.

„Ich hoffe, dass es uns in diesem Jahr tatsächlich gelingt, mal wieder zweisam dem Ruf der Trommel zu folgen", schreibe ich verlässlich Jahr für Jahr in meinem Neujahrsgruß an Egbert, der meine sentimentalen Absichtserklärungen wahrscheinlich gleich in den Papierkorb wirft.

Nur noch Erinnerung für nüchterne Tage, unsere brüderlichen Besäufnisse in jener weit entfernten Thomasstraße. Seit acht Jahren hause ich rüstig in meinem Steglitzer Elfenbeinturm. Ich habe Neukölln und die ruhelosen Nächte der Trommel hinter mir gelassen. Jetzt bin ich ein dicker, glücklicher Spießer, der an der Seite seines Gefährten die Tage und Nächte in ein Fest verwandelt.

Ich falle nicht mehr vom Hocker. Ich stürze nicht mehr volltrunken an den Schultern fremder Männer ab. Mein Herz ist nun behaust.

Doch manchmal, wenn die Stunden zu leise sind, sucht etwas Unverbesserliches in mir den unverwüstlichen Lärm der Trommel und jene wilden Nächte, in denen ich zwanzig Jahre jünger mit Milan tanze.

Und mit Roland. Mit Jochen und mit Stefan und all den vielen anderen, deren Namen ich vergessen habe.

Wir können uns doch in der Trommel treffen, schlage ich am Telefon Michael vor, meinem Freund aus Friedrichshain, der sich damals am Anfang unserer Schriftstellerfreundschaft sofort heimisch gefühlt hat in meiner schwulen Kiezkneipe.

Leider bin ich ein träges Luder, das nur noch widerwillig mit den öffentlichen Verkehrsmitteln durch die Stadt gondelt, und ein Taxi kann ich mir nicht oft leisten. Ich lebe in meinem friedlichen Steglitzer Rentneridyll, als wäre ich in die Kleinstadt zurückgekehrt.

Michael und ich treffen uns beim „Italiener" um die Ecke.

Ich habe einen Krimi über die Trommel geschrieben, sagt Albrecht, mein treuer Neukölln-Kamerad aus jungen Jahren, der inzwischen mit seinem Mann in Schöneberg wohnt. Für die Recherche bin ich extra in die Thomasstraße gerollert. Viel hat sich nicht verändert. Werner und Siggi haben nach dir gefragt. Das Plakat mit deinem schönen Konterfei hängt immer noch über einem der Tische.

Ich schweige beschämt und nehme mir vor, an einem der nächsten Tage in meiner alten Stammkneipe ein Bier zu trinken.

Aufrichtige Absichten und Pläne versinken in ebenso aufrichtiger Vergesslichkeit.

Großmäulige Ziele verschwinden unterwegs aus meinen Augen. Halbhundertjährig tanze ich Walzer mit dem einen oder anderen Konjunktiv. Ich sollte. Ich könnte. Ich müsste. Mit Freunden treffe ich mich beim „Italiener" um die Ecke oder im irischen Pub in der Zimmermannstraße. Verabrede ich mich in einem schwulen Etablissement in der sogenannten „Szene" am Nollendorfplatz, gerate ich sofort mittelalterlich in die Unsichtbarkeit. Der Kellner und die jungen Gäste scheinen mich nicht zu sehen, als wäre meine Fünfzigjährigkeit eine Tarnkappe. Vielleicht ist es auch meine Pillenpastapizzapralinenwampe, die mich ausschließt aus der Wahrnehmung der anderen. Ich kann in aller Ruhe den schwulen „Männerzoo" der Gegenwart betrachten.

Die sind doch alle verhaltensgestört. Total oberflächlich. Alle starren bildschön irgendwohin, und keiner redet mit keinem. Und alle sehen sich zum Verwechseln ähnlich. Im Grunde alle austauschbar, lästert der Zwanzigjährige in mir. Wie familiär und herzlich ging es damals in der Trommel zu. Wir unterhielten uns und nahmen Anteil an unseren kleinen und größeren Dramen. Jeder in der Trommel war unverwechselbar. Mackie. Suleika. Manfred. Ronny. Martin. Helga und Kurt. Das lesbische Liebespaar, schwärmt er und glorifiziert die jungen Jahre in Neukölln.

Der Club Trommel in der Thomasstraße 53 war ein Refugium für Ignorante, relativiert streng der Dreißigjährige, der sich an die politisch desinteressierte Tucke erinnert, die er selbst viel zu lange verkörpert hat. Keiner von den kommunikativen Trommlern hätte damals für schwule Rechte und Gleichberechtigung gekämpft. Wir lauschten Marianne Rosenberg und Vicky Leandros und verblödeten auf unseren Hockern, von denen wir allnächtlich fielen.

Die Trommel, das war Eskapismus pur. Wir kümmerten uns um das richtige Make-up, und alles andere ging uns am gleichgültigen Arsch vorbei.

Was soll das zänkische Geschwätz?, denkt der Halbhundertjährige, dem es trotz latenter Unsichtbarkeit irgendwann gelingt, ein Bier zu bestellen.

Die jungen Konsumtölen der Gegenwart sind nicht politisch engagierter als wir damals in der Trommel. Diese bodygestylten Markenfetischisten, mault der Zwanzigjährige und bleibt davon überzeugt, dass früher alles irgendwie menschlicher und besser war. Wie selbstbewusst die Schwulen heute sind. Wie kraftvoll und schön in ihrer Selbstverständlichkeit und Vielseitigkeit, denkt der Vierzigjährige und ist ein bisschen neidisch auf die neue Zeit, die er nicht so lustvoll genießen kann, wie er möchte, weil dieser glückliche Fünfzigjährige nur noch mit seinem Jan am Wannsee spazieren geht. Hand in Hand und turtelnd wie die Heten.

Hättet ihr dogmatischen Huschen mit euren debilen Vereinfachungen damals in der Trommel zu träumen gewagt, dass Berlin eines Tages von einem schwulen Bürgermeister regiert wird?

Wir kichern verlegen und bestellen noch ein Bier, was uns auch sofort gebracht wird, weil sich der verschwärmte Zwanzigjährige für einen Augenblick dreißig Jahre später noch einmal kurz in der Bar am Nollendorfplatz materialisiert.

Immer noch die scheußlichen alten Minderwertigkeitskomplexe, denken wir viersam und schweigen erschüttert.

„Hast du es schon gehört? Unsere gute alte Trommel wird es nicht mehr ewig geben. Werner hatte einen Herzinfarkt, und Siggi will jetzt mit seinem Mann noch mal was Anderes erleben", sagt Franz, den ich in einem Supermarkt vor der Käsetheke treffe. „Man könnte eine epochale Abschiedsfeier in der Trommel organisieren, mit Musik und Gesang und kleinen Lesungen. Wäre der von aller Welt verehrte Dichter denn noch bereit, gratis in einer Neuköllner Kaschemme aufzutreten?", fragt Franz mit seinen schalkhaften Igelaugen, und der dicke Dichter, der gerade promisk mit dem „jungen Gouda" und dem „Appenzeller" gleichzeitig flirtet, lächelt verehrungswürdig und nimmt sich vor, seine Geschichte mit der Trommel aufzuschreiben.

Träume

Christoph Klimke

„Kann man jemandem seine Träume vorwerfen?", fragt mich Jan Vogeler gleich bei unserer ersten Begegnung in Worpswede. Wenn der alte Herr von seinem dramatischen Leben erzählt, strahlen seine Augen beinahe jugendlich. Er ist fast achtzig Jahre alt, trägt sein schlohweißes Haar gescheitelt und in seinem Anzug wirkt er immer noch wie ein Professor der guten, alten Art. Der Sohn des berühmten Jugendstilmalers Heinrich Vogeler wurde 1923 in Moskau geboren, wohin seine Eltern wegen ihrer politischen Überzeugung gezogen waren. Jans Vater hatte in zweierlei Hinsicht seine Heimat verloren: Politisiert durch den ersten Weltkrieg verschenkte der prominente Worpsweder seinen Barkenhoff an die Rote Hilfe, um Kindern politischer Gefangener einen Erholungsort zu bieten. Da er aber auch Kinder von Nicht-Kommunisten aufnehmen ließ, wurde er als „Rechter" 1929 auf Betreiben von Wilhelm Pieck aus der KPD ausgeschlossen.

In Moskau fand Heinrich Vogeler Arbeit und ein neues Zuhause; der Eintritt in die KPDSU blieb ihm aber im Gegensatz zu seinem Sohn, der bis 1990 Mitglied der Partei war, verwehrt. Während sein Vater nach Kasachstan zum Schutz vor den anrückenden deutschen Truppen zwangsemigriert wurde und dort 1942 quasi verhungerte, kämpfte Jan Vogeler als überzeugter Kommunist für die Rote Armee. Heute lebt der Sohn am Ausgangspunkt seiner tragischen Familiengeschichte in Worpswede. In der Sowjetunion hatte er als Privilegierter Karriere gemacht, arbeitete als Professor für Deutsche Philosophie und kam als Dolmetscher mit internationalen Politikern und Intellektuellen zusammen. 1956 übersetzte er auf dem zehnten Parteitag die erste Kritik Chruschtschows an Stalin – eine heikle Aufgabe. Dass sein Vater seinen roten Traum mit dem Barkenhoff in die Tat umgesetzt hat und sich vom Jugendstilmaler zum politischen Künstler entwickelt hat, erfüllt Jan Vogeler mit Stolz.

Er führt mich zum Haus im Schluh, wo auch Heinrich Vogelers Porträt von Clara Zetkin und ein Komplexbild hängen. „Die Komplexbilder meines Vaters zeigen politische Situationen in der Sowjetunion, entsprachen aber der Regierung nicht genug dem sozialistischen Realismus. Somit musste mein Vater diese Bilder zerschneiden und auf simple Symbole wie den roten Stern oder Hammer und Sichel reduzieren", erklärt er schmunzelnd.

Ich erzähle ihm von meiner Arbeit an einem Theaterstück über das Leben und Werk seines Vaters und beschließe, Jan als Bühnenfigur einzubauen. Vogeler hört mir zu, stellt mir Materialien zur Verfügung und kommt zu unseren Proben am Bremer Theater. Sein Vater hatte den Worpsweder Torf gegen russische Erde getauscht und ist dort mit seinen Träumen elendlich gestorben. Jan, in Moskau geboren, überzeugter Kommunist, muss das Ende der Sowjetunion erleben und aus Not zurück nach Worpswede, wo seine Familie vom Kaffee-Kuchen-Tourismus um das Werk Heinrich Vogelers bestens lebt. Jan Vogeler, der

Sohn des berühmten Illustrators und Malers Heinrich Vogeler, ist ein Sozialfall. Die Familie schlägt aus seinem Erbe Kapital, während der emeritierte Professor aus Russland an einem Buch über Stalin schreibt.

Er hält an seinen roten Träumen fest, ohne dabei unkritisch zu sein. Sein Leben ist kein Traum. Wenn ich ihm so zuhöre, wünsche ich mir, er würde meinem Vater begegnen. Für ihn galt die Devise „Lieber tot als rot" und das Misstrauen gegenüber Russland und dessen Politik bleibt bis heute ungebrochen. Zwei gegensätzliche Lebenswege, die sich vielleicht in der geliebten Literatur treffen könnten: Hölderlin oder Kafka. Da wären beide plötzlich einander nahe. Und wie wäre mein Leben verlaufen, hätte ich einen Vater wie Jan? Im Frühjahr 2003 kommt mein Stück *Vogeler* zur Uraufführung. Jan, der inzwischen verstorben ist, habe ich danach nicht mehr gesehen. Aber ich traf Wolfgang Leonhard zufällig im Zug und erzählte ihm von seinem Schulfreund und unserem Theaterstück.

„Kann man jemandem seine Träume vorwerfen?" Vogelers Frage berührt mich bis heute in unserer immer traumloseren Welt. Wovon träumen, wogegen kämpfen wie Don Quijote gegen seine Windmühlen? Idealisten sterben aus oder ernennen sich zu neuen blutigen Göttern. Jan Vogeler war ein leiser Träumer, ein Philosoph eben. So sind die *Nachrichten von den Geliebten* auch Ideale, die sich zu Wort melden. Leise, aber nie verstummend.

Nachtwärts

Mario Wirz

Die imaginären Schafe sind widerspenstig und lassen sich nicht zähmen. Städte von A wie Amsterdam bis Z wie Zürich lärmen bunt und schrill auf meinem erschöpften Kissen, das in keiner Himmelsrichtung den Schlaf findet, um den ich mitternächtlich bettele.

Tagsüber fällt es mir inzwischen schwer, mich zu bücken, um mir die Schuhe zuzubinden, doch nun drehe ich mich auf der Suche nach einer tauglichen Schlafposition zirkusreif um meine eigene Achse. Mit der Gelenkigkeit eines schlafwütigen Akrobaten erstaune ich die Dinge um mich herum mit meinen grotesken Kunststücken. Verwundert schaut mir der altmodische, dicke Wecker zu, wie ich mit furioser Leichtigkeit meinen Kopf flink auf die Fußseite rolle und die verwirrten Füße dorthin bette, wo eben noch der Kopf französische Lyriker von Apollinaire bis Verlaine gefunden hat.

Der tickt doch nicht ganz richtig, denkt vielleicht der Wecker, und auch die klapprige Truhe mit meinen Zeugnissen und frühen Liebesbriefen kichert verlegen, weil ich mich im 60-Sekunden-Takt übergewichtig und laut von einer Seite auf die nächste werfe, so geräuschvoll und penetrant, dass mein mit mir in die Jahre gekommenes Bett sich vor dem indiskreten Quietschen und Knarren für einen Augenblick seufzend in der Vergangenheit wähnt, als die Schlaflosigkeit noch andere Gründe hatte.

Gib Ruhe, du Poltergeist, murmeln die Wände beschwichtigend, aber mein schwerer Körper wälzt sich störrisch und sinnlos hin und her, als wüsste er nicht um die Vergeblichkeit seines närrischen Gezappels.

Die imaginären Schafe blöken gehässig.

Ich simuliere Gelassenheit und tue so, als bekümmerte mich die Schlaflosigkeit nicht, als wäre ich einverstanden mit meiner unerbittlichen Hellwachheit, als läge ich gelassen und heiter wie ein buddhistischer Mönch auf meinem malträtierten Kissen, doch Morpheus lässt sich nicht austricksen. Was für ein elender Schmierenkomödiant, lästern Apollinaire und Verlaine auf ihrem von meiner Nacht weit entfernten Stern.

Zieh dich wieder an, geh aus, amüsiere dich. Es gibt keinen Grund, mit fünfzig Jahren den alten Mann zu spielen, wispern Amsterdam und Zürich, was meine alberne Truhe zu erneutem Kichern verführt. Markiere wie so viele deiner Freunde und Kollegen den juvenilen Lustgreis, tuckt der missgünstige Wecker rum und fällt der geblümten Nachttischlampe auf die Nerven. Armleuchter, denkt sie und erinnert sich herzhell an andere Jahre.

„Amsterdam Amsterdam", singt Jacques Brel. Zwei uralte Männer mit schlohweißen Haaren tanzen in einem Züricher Hotelzimmer. Zärtlich und langsam, dann wieder wild und ekstatisch. Zwischendurch trinken sie Champagner und küssen sich.

Lies mir nachher wieder Gedichte von Verlaine vor, sagt Jan, den ich sofort erkenne, auch wenn er jetzt weit über achtzig ist. „Amsterdam Amsterdam", insistiert Jacques Brel, als wäre er etwas eifersüchtig. Der andere, der mich verkörpert, in einer

Nacht, circa fünfunddreißig Jahre später, holt eine neue Flasche Champagner aus der Minibar.

Warum gaukelt mir die Nacht eine Zukunft vor, die mich an einen Groschenroman erinnert? Sei nicht immer so anstrengend und anspruchsvoll, lacht Jan und winkt mir zu. Auch in der Vergangenheit sind wir in Zürich gewesen. Hast du unsere glückliche Nacht vergessen? Du hattest eine Lesung im Schauspielhaus, und die Veranstalter haben dir in einem Fünf-Sterne-Hotel die Präsidenten-Suite gebucht. Das war mal eine erfreuliche Ausnahme zu den üblichen Selbstmörderzimmern in tristen Hotels, in denen wir in der Regel nach einer schlecht besuchten Lesung unser frustriertes Dichterhaupt auf ein hartes Kissen legen müssen, plappert der Alte, der ich sein werde, und prostet mir zu.

Ich kann nicht schlafen, greine ich und schäme mich, dass ich mich so jämmerlich anhöre.

In den Schlaf sinken wir alle früh genug. Umarme deine Tage, deine Nächte, verwandele sie in ein Fest, sagen die beiden Weißhaarigen und wenden sich von mir ab. Offensichtlich sind sie von meinem Lamento gelangweilt. Jan hat seine Praxis in Rostock und kommt erst am Wochenende. Ich habe nicht mal einen billigen Sekt im Kühlschrank, quengele ich kindisch, doch die beiden hören mir nicht mehr zu. Der Züricher Champagnergreis liest Jan Gedichte von Verlaine vor, während Brel und Apollinaire auf ihrem Stern erzürnt schweigen. Ich widerstehe der Versuchung, Jan in Rostock anzurufen, weil ich weiß, dass er morgen wieder wach sein muss für die Jammerprosa seiner vom Schicksal gebeutelten Patienten.

Umarme deine Tage, deine Nächte. Nur darum geht es. Nur das ist wesentlich, tiriliert die verschwärmte Nachttischlampe, und es ist ihr schnuppe, dass der Wecker sie für ein dummes Ding hält. Ich hüte die Zeit, vorwärts und rückwärts, gestern und heute und morgen, jetzt und immer ist mir jede Sekunde zu Dank verpflichtet, denkt das größenwahnsinnige Ticktack wahrscheinlich, ein Gedanke, der den Staub auf den Dingen empört aufwirbelt, bis die alte Truhe husten muss. Auch ich habe meine Erinnerungen, murmelt sie.

Ich weiß nicht, ob ich schwul bin, aber ich liebe dich, flüstert der sechzehnjährige Bastian und drückt meine Hand, die sich bestimmt wieder schrecklich nass und eklig anfühlt.

Ich bin achtzehn Jahre alt und hasse meine Hände, in denen unaufhörlich irgendwelche Wasserquellen heimlich und nervös rumsprudeln. Ich weiß, dass ich schwul bin, aber ich liebe dich auch, flüstere ich zurück und merke, dass sich meine Antwort keineswegs so geistreich anhört, wie sie soll. Bastian und ich spazieren über den nächtlichen Obermarkt der Kleinstadt. Über uns grinst wohlwollend der Mond. Er kennt diese Art von Prosa, jeden Satz, bevor er auch nur gedacht wird. Die intriganten Fachwerkhäuser simulieren einen tiefen, rechtschaffenen Schlaf, doch immer lauert irgendjemand hinter den Gardinen und registriert wachsam, was ihn nichts angeht. Auch die zahlreichen Gartenzwerge spitzen ihre Ohren und notieren jedes Geheimnis, das sie notfalls erfinden, um die üble Nachrede mit jenem Klatsch und Tratsch zu füttern, den sie braucht.

Wir könnten abhauen von hier. Nach Amsterdam oder so. Meine Eltern werden mich nicht vermissen, und ich sie auch nicht, stottert Bastian, und ich umarme ihn und kümmere mich nicht um die Häuser, die erregt auf uns starren. Der achtzehnjährige Kleinstadtdichter, der sich bescheiden als „Rimbaud von Frankenberg" feiert, liebt den sechzehnjährigen Bastian, der blond ist und stottert und Geige spielt. Sie sind betörend, die beiden. Jung und schön und begabt.

Schade, dass sie nicht mutig genug sind, tatsächlich nach Amsterdam zu fliehen, sinniert Verlaine auf seinem Stern und denkt an Rimbaud. Jahrzehnte später werden die beiden sich an diese Nacht auf dem Obermarkt der Kleinstadt erinnern, und ihre Erinnerung wird sie glücklich verwirren wie die Liebe, die sie jetzt scheu füreinander empfinden, murmelt der Mann im Mond, den es nicht gibt, was ihn aber nicht hindert, von den Menschen und ihren Geschichten zu träumen.

Ein warmes Fell mit hellwachen Pfoten springt unter der Decke zwischen meinen Beinen hin und her. Tiger, der siamesische Kater von Claudia, der seit meinem Einzug in ihre Chaoswohnung nur noch bei mir schläft, findet keinen Schlaf in dieser Nacht und hat mich mit seiner Unruhe schon wieder geweckt. Teufelchen, was ist los? Willst du mich umbringen? Ich habe in wenigen Stunden Proben und brauche dringend noch eine Mütze Schlaf. Tiger schnurrt spöttisch, tut aber so, als läge er nun friedlich zu meinen Füßen. Er hat sich spontan in den jungen Schauspieler mit der tiefen Stimme verliebt, der seit einem Jahr den Gustaf Gründgens vom Jugendtheater Kiel mimt, Allüren und Posen, die ein intelligenter Kater nicht ernst nimmt. Seine Leidenschaft für diesen eitlen Mimen irritiert ihn ein bisschen. Auch der Kummer von Claudia, die seine eindeutigen Liebeserklärungen für den neuen Mitbewohner anfangs nur widerwillig akzeptiert.

Ihr Humor und ihr Hunger auf junge Italiener helfen ihr, die irrationale Macht des Sinnlichen auch bei anderen zu verstehen. Ein seltsames Gespann, der promiske Schauspieler, der mannstoll durch den Schrevenpark cruist, und die von Italienern besessene Claudia, der es tatsächlich auch in Kiel immer wieder gelingt, erfolgreich zu fangen, was sie begehrt.

Schlampen, alle beide, in jeder Hinsicht, was Tiger gelegentlich verdrießt, nicht der moralische Aspekt, den überlässt er gähnend den Spießern von Kiel, empörend ist die geradezu asoziale Unordnung in dieser Wohnung. Der siamesische Kater ist zu vornehm, um unsägliche Details wie ein zu selten gereinigtes Katzenklo zu erwähnen, doch jeder Besucher reagiert entsetzt auf die skandalösen Zustände in der Weißenburgstraße 54, was allerdings leider keine ordnenden Konsequenzen nach sich zieht.

Hast du Alpträume, Teufelchen? Es ist doch alles gut. Ich muss jetzt wirklich eine Runde ungestört pennen. Der Kater maunzt und überlässt sich seinen Assoziationen: Pennen. Penner. Mülldiva. Virtuose des Drecks. Verwahrlosungskünstler.

Und doch, er liebt diese beiden jungen Chaoten. Claudia und Mario.

Die Italiener und ihre erotischen Vokale. Den Geruch nach Tortellini und Lasagne und Spaghetti alla Bolognese. Die italienischen Schlager, die diese schleswig-holsteinische Schlampenbude in „Bella Italia" verwandeln sollen. Die theatralischen Rezitationen des jungen Mimen. Sein vehementer S-Fehler. Die Stunden, wenn er am Schreibtisch sitzt und dichtet, als wüsste er bereits, dass das Schicksal für ihn nach seinem Engagement am Jugendtheater keine Zukunft am Theater plant. Der Kater thront auf dem Schreibtisch in der Nähe des Fensters und passt auf, dass die Musen sich nicht zu schnell entfernen. Diese stille Intimität zwischen Kater und Künstler, pure Zärtlichkeit, die keine Berührungen braucht, was aber nicht bedeutet, dass Kraulen und Streicheln und Schmusen verschmäht werden.

Ach, und dann diese schrägen Typen, die der unersättliche Schauspieler sammelt, oft viel zu besoffen, um zu wissen, wen er wieder abgeschleppt hat.

Er ahnt nicht, dass sich Tiger in magischen Vollmondnächten an seiner Seite in einen schönen Prinzen verwandelt.

Teufelchen, ich hatte einen wunderbaren Traum, schnurrt der arglose Tölpel dann morgens mit verklärtem Gesichtsausdruck, und Tiger spielt einen hungrigen Kater, der nur an sein Frühstück denkt.

So viele Geheimnisse zwischen Himmel und Erde, raunt die Nachttischlampe und wundert sich, dass der Wecker ihr ausnahmsweise leise zustimmt. Einst war ich eine Buche, flüstert die alte Truhe und wird ein bisschen melancholisch. Was für eine prächtige Eiche, staunten die Spaziergänger, wenn sie mich sahen, murrt der schweigsame Schrank und bereut gleich, dass er etwas gesagt hat. Wer weiß, was wir sind oder werden, wispert der wandernde Wind, der gerade am geöffneten Fenster vorbeiweht. Das hast du bereits in einem deiner Gedichte geschrieben, mokiert sich der Wecker, und selbst die immer nachsichtige Nachttischlampe hüstelt missbilligend. Wahrscheinlich will der Wirz, dass jetzt jemand den Titel seines Lyrikbandes nennt, in dem das Gedicht veröffentlicht wurde, lästern Apollinaire und Verlaine und lachen so laut, bis auch mein prinzlicher Dichterfreund Detlev Meyer auf seinem Stern sein Lachen hell und schmerzlich auf meine Nacht legt.

Du Geistesgestörter, du wirst noch das ganze Hotel mit deinem Geschrei wecken, mault Prinz Detlev und schüttelt mich sachte. Ich habe geträumt, dass ..., stammele ich und fange an zu weinen. Tränen sind schädlich für den Teint. Du wirst morgen bei unserer Lesung grauenvoll aussehen, und das Goethe-Institut von Amsterdam wird diesen hässlichen Dichter nie wieder einladen, scherzt Detlev etwas mühsam. Das ramponierte Nervenkostüm seines Freundes ist nicht nur ästhetisch eine Zumutung. Er verzeiht mir meine unerquicklichen Gefühlsausbrüche, ich verzeihe ihm seine prinzlichen Verzicktheiten, zweisam trotzen wir den bedrohlichen Schatten dieser Jahre.

Es ist 1993, und wir sind begeistert, dass wir in Amsterdam sind. Die Lesung morgen im Goethe-Institut wird ein Triumph, und vielleicht kommt sogar die Königin mit ihren Söhnen, deren offensive Gesundheit hoffentlich die zwei maladen Dichter ansteckt.

Hörst du den seltsamen Lärm?, fragt Detlev und schaut staunend aus dem Fenster.

Vor unserem Hotel blöken unzählbar viele Schafe, auch schwarze Schafe sind dabei, und schreien laut, als wollten sie den Mann im Mond wecken, der sie in diesem Augenblick träumt.

Florian

Christoph Klimke

Natürlich bin ich zu früh. Da ich es hasse zu warten, bin ich immer schon eine halbe Stunde vor meinen Verabredungen da. Käme ich zu spät, müsste der Andere auf mich warten. Und weil ich das Warten ja nicht ausstehen kann, will ich es keinem zumuten außer mir selbst. Ich lese also die Speisekarte zum dritten Mal von den Austern zum Käseteller und zurück. Der charmante Kellner, der mich an meinem Stammplatz, dem ersten Tisch am Fenster, in all den Jahren bedient und seltsamerweise ein nie welkender Beau geblieben ist – oder lässt etwa meine Sehkraft nach? –, bringt mir das zweite Glas Champagner. „Deine Brause", sagt er spitzbübisch lächelnd. Da geht die Tür auf und Detlev Meyer wird von einem eisigen Windstoß hereingeweht. „Kalt wie Klimke ist es draußen", sagt er, „entschuldige, ich bin etwas zu spät", als wäre er jemals pünktlich gewesen. Wir umarmen uns. Ich helfe ihm aus dem Mantel und unser freundlicher Ober bringt alles zur Garderobe: „Auch 'ne Brause?" „Nein, für mich einen Cremont. Ich schreib ja keine Bestseller wie der Herr mir gegenüber." „Sehr wohl!" Dann zückt Detlev seine silberne Schachtel, worin sich seine Visitenkarten aus feinstem Papier verbergen, hält sie zwischen zwei Fingern wie einen Spiegel vors Gesicht, streicht leicht über sein Haar und stellt die obligatorische Frage: „Wie sehe ich aus?" Dann tauschen wir sofort sämtliche Neuigkeiten aus, reden über Kollegen, Freunde, Feinde, Verlage, Lesungen, unsere Manuskripte, an denen wir gerade arbeiten, und über all das, was wir längst verworfen haben, und von der Flädlesuppe über die Königsberger Klopse bis hin zum Digestif wissen wir somit wieder einmal alles. Die Weltlage ist geklärt und der gute Wein erhitzt unser böses Blut, das wir sogleich über vermeintlich befreundete Dichterkollegen ausschütten, und können uns kaum halten vor Lachen.

Detlev, den ironischen Chronisten des schwulen Berlin, hatte ich in Siegen kennengelernt, in der hässlichsten aller hässlichen Städte im damaligen West-Deutschland, wie die Berliner noch heute sagen. Dort traf sich einmal im Jahr am Rande der Veranstaltungsreihe „Literatur und Homosexualität" eine Handvoll verbliebener Dichter in der Gesamthochschule, um mit Literaturwissenschaftlern über viel Überflüssiges zu diskutieren, dann am Abend in der Stadt zu lesen und schließlich viel zu trinken, da man sich sonst gegenseitig kaum ertragen konnte.

Bei meinem ersten Mal also sitzt im Frühstücksraum des allzu bescheidenen Hotels am Nachbartisch Detlev Meyer und ich geselle mich zu ihm. „Schön, dass wir uns endlich kennenlernen", säusele ich ihm zu. „Ja, Mario hat mir viel von dir erzählt", antwortet Detlev mit bedrohlich sanfter Stimme. Oje!, denke ich. „Warum hast du in der letzten Anthologie, die du herausgegeben hast, keinen Text von mir publiziert?", fragt er schnippisch. „Weil ich keinen kenne", antworte ich ehrlich. Einen Moment lang weiten und röten sich seine Augen, dann müssen wir beide lachen. Die Lektüre habe ich selbstverständlich nachgeholt und aus meiner gepflegten Ignoranz erwuchs eine großartige Freundschaft.

Seitdem treffen wir uns einmal im Monat im Florian und wie immer erzählt mir auch heute Detlev von seinen Kontaktanzeigen in der Siegessäule, nach dem Motto „Tiger kann immer", von seinen Treffs mit manchem Adonis in trostlosen Plattenbauten, wo er entgegen den Versprechungen jener Locktexte unter dem röhrendem Hirsch vor real existierenden Bierbäuchen landet und schnell die Flucht ergreift, um dann darüber zu schreiben.

Heute aber überreicht er mir feierlich seinen neuen Gedichtband, *Stern in Sicht*, der einem Mario – wer ist das? – und Florian, dem ich verblüffend ähnlich sein soll, gewidmet ist. Inzwischen ist es bald ein Uhr und unser Ton ist nicht mehr treffsicher. Da Detlev heute keinen Anzug und keine Krawatte trägt, sondern Jeans und Lederjacke, könnte es sein, dass wir uns später nach der herzlichen Verabschiedung in irgendeinem Gewölbe wiedersehen, nicht zu früh und nicht zu spät. Wir bestellen die Rechnung und erheben uns, nicken dem einen oder anderen Stammgast freundlich zu und ich hebe vor dem Hinausgehen kurz die Tischdecke voller Rotweinflecken hoch, um mich zu vergewissern, dass nicht doch unser Dichterfreund Wirz unter dem Tisch hockt, um zu belauschen, ob wir auch ja über ihn geredet und uns herzlich amüsiert haben. Doch da ist niemand. Und dieser längst wieder prächtig eingedeckte Tisch bleibt in Zukunft leer.

Der Spötter

Mario Wirz

Christoph Klimke lästert mit Detlev Meyer über Mario Wirz.
Detlev Meyer lästert mit Mario Wirz über Christoph Klimke.
Mario Wirz lästert mit Christoph Klimke über Detlev Meyer.
Manchmal treffen wir uns dreisam und lästern uns ins Gesicht.
Wir sind Freunde. Wir sind Kollegen. Wir wissen, dass auch die
Dichter aus dem Paradies vertrieben wurden. Wir verjagen die
alte Schlange nicht, denn ohne sie wäre unsere Freundschaft zu
vollkommen ... und etwas langweilig.

Wer publiziert schon wieder ein neues Buch? Wessen Neuer-
scheinung wird wie oft und wie und wo renzensiert? Wer verkauft mehr Bücher? Wer hat mehr Lesungen? Eine bekömmliche
Dosis Eifersucht und Missgunst inspiriert unsere Freundschaft
zu verwegenen Höhenflügen. Auf dem Boden der Tatsachen blühen uns keine Rosen, und nur im Vollrausch gewährt uns der
Größenwahn den Ruhm, von dem wir träumen. Dreisam suchen
wir die Sterne, und ab und zu finden wir sie auf dem Grund der

Gläser, die wir im Laufe einer Nacht leeren. Wie viel Promille braucht ein Abend? Wie viele Zigaretten und Zigarillos?

Wir sind trostbedürftig und trinken uns die Tatsachen blau und erträglich. Wer wie wir Gedichte und lyrische Prosa veröffentlicht, darf sich über eine gewisse Erfolglosigkeit nicht wundern. Wir wundern uns aber wunderlich weiter, und das verbindet uns.

Wundergläubig sind wir sowieso. Immer schon gewesen.

Kennst du Christoph Klimke? Der wohnt wie du in Berlin. Hat auch ein Buch über Aids geschrieben. *Der Test oder Chronik einer veruntreuten Seele.* Schon gelesen?, fragt der Buchhändler in Stuttgart. 1992. Wieder mal eine Lesung zum Thema, das mich seit meinem Testergebnis 1985 tyrannisch in Besitz nimmt. Ich bin des Themas müde und will nichts mehr darüber lesen. Widerwillig nähere ich mich der Erzählung von Christoph Klimke, die mich nach wenigen Seiten fesselt und begeistert. Ich bin berührt von der poetischen Kraft des Textes und schreibe den ersten Leserbrief meines Lebens.

Einige Wochen später sitzt Christoph Klimke im Café Uhland, wo ich mit meiner Schriftstellerfreundin Sigrun Casper versuche, ein kleines Publikum vorweihnachtlich zu unterhalten. Ich bezweifle, dass Christoph sich von unseren Geschichten verführen lässt, aber es ist „der Anfang einer wunderbaren Freundschaft" zwischen mir und ihm. Vielleicht bin ich anfangs etwas verliebt in den attraktiven Dichter aus Kreuzberg, doch schnell siegt platonischer Eros über den hormonellen Radau des Herzens.

Einmal im Monat treffen wir uns im Exil am Paul-Lincke-Ufer und delektieren uns an österreichischen Spezialitäten und dem Wiener Schmäh von Ursel, der das legendenumwobene Künstlerrestaurant in Kreuzberg gehört. Christoph, der Kosmopolit, der ruhelos durch die Welt reist, besonders gerne und oft nach Italien, staunt spöttisch über meine Neuköllner

Kopfreisen, die ich, eine Zigarette nach der anderen rauchend, ausführlich schildere. Beide sind wir kleinstädtisch geschädigt, doch während ich in der Großstadtprovinz meines Kiezes gestrandet bin, in wirzlichen Tagträumereien, flüchtet Christoph in vielseitigen Aktionismus. Reisen und Arbeit als Dramaturg und Librettist für zahlreiche Theaterproduktionen. Bücher über Pasolini und Lorca. Gedichte und Erzählungen. Eigene Theaterstücke. Geradezu einschüchternd ist seine Produktivität, und immer wieder frage ich mich und ihn, warum er der sentimentalen Schildkröte aus Neukölln, die alle vier Wochen ein Gedicht notiert, treu bleibt.

Diese Frage ist ein kokettes Spiel, und ich wünsche mir nun ernsthafte Antworten, vielleicht sogar eine aufrichtige Liebeserklärung an meinen betörenden Charakter, aber da kann ich bei Christoph lange warten. Lieber beschimpft er mich eine Weile oder mokiert sich über meinen Briefwechsel mit Rosa von Praunheim. Gelegentlich verfällt ein zweisamer Abend ganz und gar dem Klimke-Spott, dann weiß ich, dass mein lästernder Skorpion aus Kreuzberg mit sich und der Welt hadert. Schon lange können mich die Christoph-Posen nicht mehr täuschen. Gerne simuliert er den Gleichgültigen, der sich vom Literaturzirkus und dessen Lärm nicht mehr beeindrucken lässt, doch wir wissen beide, dass Christoph ebenso eitel und verletzbar ist wie seine Kollegen.

Manchmal müssen sich die Dichterfreunde gegenseitig dafür bestrafen, dass der schwachsinnige Zeitgeist ihren Büchern die Aufmerksamkeit verweigert, die sie verdienen. Aber immer wieder ist auf unserer Seite das Gelächter. Oft können wir sogar schon vor dem ersten Glas Wein über uns selbst lachen. Mächtiger als der Jammer ist der Galgenhumor, der sich mit uns verbrüdert und uns hilft, halbwegs tapfer durch die Tage und Nächte zu kommen. Wir sind Mimosen, tödlich getroffen von einem Verriss im Feuilleton, und wir sind Helden, die immer wieder in ihren Fiktionen über sich selbst auferstehen, übermütig und unsterblich für die Dauer einer Illusion.

Ist es tatsächlich schon zehn Jahre her, dass unser prinzlicher Dichterfreund Detlev Meyer an den Folgen von Aids starb? Die Zeit ist ein Traum ist ein Schmerz ist ein Schatten, der auf jede Stunde fällt. Die Zeit heilt keine Wunden, die Zeit ist die Wunde selbst. Vorausgeeilt zu einem jener kessen Engel, die Detlev in seinen Büchern preist, lässt er seine sterblichen Freunde und ihren Jammer weit hinter sich.

Sei nicht so pathetisch, du verrückter Wirz, immer musst du so schrecklich übertreiben, kichert Prinz Detlev über meine Schulter.

Christoph und ich treffen uns immer noch einmal im Monat, aber alles ist nun anders. Jetzt gibt es keinen mehr, mit dem wir lustvoll und vertraut übereinander lästern können. Unsere Boshaftigkeiten, die wir uns routiniert zuwispern, sind etwas müde geworden. Wie wir selbst.

Die Hochprozentigkeit, die uns im Leben fehlt, ersetzen wir durch Alkoholika. Wir trinken zu schnell zu viel, wenn wir uns treffen. Wir rauchen nicht mehr, aus vielen halbherzigen Vernunftsgründen, und haben beide zugenommen. Diese zwei dicken Dichter da unten und ihr Gelalle sind einfach nur peinlich, kommentiert Detlev manchmal unsere Begegnungen bei einem seiner Engel, und wenn Christoph und ich gerade mal still sind, können wir alles hören und erröten, jeder für sich.

Alles ist nun anders. Das Exil am Paul-Lincke-Ufer gibt es nicht mehr, und wir sind ausgewandert ins I due Emigranti nach Schöneberg. Das italienische Restaurant gehört Andrea, einem Freund von Christoph, und immer wieder bin ich fasziniert von der Leichtigkeit, mit der Christoph, dessen Herz auf einer Insel in Italien wurzelt, die Sprachen wechselt und jetzt temperamentvoll und wortreich mit Andrea scherzt. Herr Wirz, sonst auch immer sehr schwatzhaft, schweigt ausnahmsweise aus Mangel an Sprachkenntnissen.

An einem Abend, als wir uns nach langer Zeit mal wieder im Florian verabreden, einem Künstlerrestaurant in der Grolmannstraße, in dem sich früher Christoph regelmäßig mit Detlev getroffen hatte, überrascht mich mein kreativ auf vielen Hochzeiten tanzender Dichterfreund aus Kreuzberg mit der Idee, gemeinsam ein Buch zu schreiben.

Nachrichten von den Geliebten, so der Titel unseres künftigen Bestsellers, sollen biografische Fundstücke aus den Tiefen der Zeit und Gezeiten bergen, Ebbe und Flut unseres Lebens, Namen und Orte, Ideen und Passionen, Augenblicke, die wesentlich für uns waren und sind. So können wir schreibend verhindern, dass wir noch schneller verkalken und verblöden und alles vergessen, spöttelt Christoph, der für diesen feierlichen Anlass den Lieblingschampagner von Prinz Detlev bestellt hat. Wahrscheinlich ist alles nur eine therapeutische Maßnahme alternder Autoren, ihre sentimentalen Erinnerungen unschuldigen Lesern zuzumuten, murmele ich berauscht und freue mich auf dieses zweisame Buch mit Christoph.

Ich erlaube euch großmütig, mir euer Werk zu widmen, raunt Detlev von seiner Engelswolke uns zu, und wir nicken und heben die Gläser und kümmern uns nicht um die Blicke der anderen Gäste im Florian, die sich darüber wundern, dass wir einem Unsichtbaren zuprosten, der für uns immer anwesend sein wird.

Zwei Männer, eine flüchtige Begegnung

Liebe vielleicht

Roman
Hans Stempel &
Martin Ripkens

Gebunden mit
Schutzumschlag
120 Seiten, 14,90 €
ISBN: 978-3-89656-161-9

Sie tun, als sähen sie sich nicht und nehmen einander doch wahr. Boris, 20, Trödler aus Leidenschaft, und Robert, 40, routinierter Makler, versuchen beide ihre flüchtige Begegnung zu vergessen. Als sie sich endlich ihre Sympathie eingestehen – oder ist es gar Liebe? – folgt den ersten Umarmungen ein fatales Erwachen. Das Abenteuer wird zum Drama.

W W W . Q U E R V E R L A G . D E

Eine Zeitreise
in die fünfziger Jahre

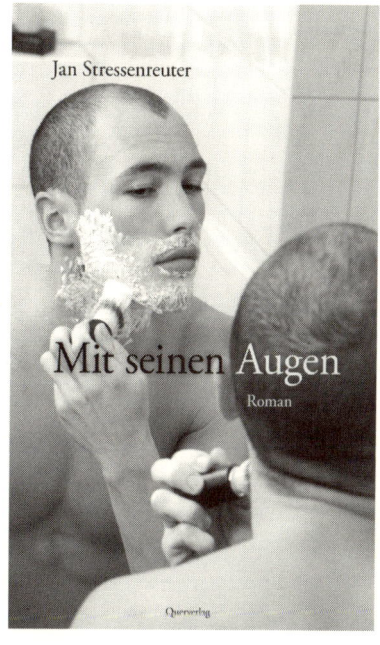

Mit seinen Augen
Roman
Jan Stressenreuter

Broschiert
336 Seiten, 14,90 €
ISBN: 978-3-89656-151-0

Jan Stressenreuter erzählt in *Mit seinen Augen* nicht nur die spannende Suche eines Mannes nach der Geschichte seines Vaters, sondern er zeichnet eindringlich das Porträt einer Zeit, in der schwule Männer in ständiger Angst vor Entdeckung, gesellschaftlicher Ächtung und Gefängnis lebten.

W W W . Q U E R V E R L A G . D E